L'OBSERVATEUR

AU XIXME SIÈCLE.

SÈVRES. — IMPRIMERIE DE J.-L. JOLY,
RUE DE VAUGIRARD, N. 14.

L'OBSERVATEUR

AU XIXME SIÈCLE,

OU

DE L'HOMME

DANS SES RAPPORTS MORAUX,

ET

DE LA SOCIÉTÉ

DANS SES INSTITUTIONS POLITIQUES,

PAR A.-J.-C. SAINT-PROSPER,

AUTEUR D'UNE VIE DE LOUIS XVI, DES AVENTURES D'UN
PROMENEUR, ETC.

CINQUIEME ÉDITION.

TOME DEUXIÈME.

Paris,

ÉDOUARD GUÉRIN ET CIE, ÉDITEURS,

RUE DU DRAGON, N° 30.

1835.

DU MARIAGE.

DU MARIAGE.

———◦◉◦———

Je connais pour les peuples deux états
bien distincts où se concentrent dans
leurs variétés toutes les formes de gouvernement, la civilisation et la barbarie.
Aperçues dans le lointain, on croirait
qu'elles se rapprochent ; mais un abîme
sans fond les sépare. En voulez-vous la
preuve ? Lisez les voyages qui, depuis
trois siècles, s'accumulent sur les rayons
de nos bibliothèques. Grâce à eux, vous

1..

rencontrez des hommes qui, nés au milieu des bois, semblent comme en contact avec la civilisation ; il leur en échappe
des lueurs : on les prendrait pour quelques-uns de nos frères qui sont restés
perdus en route. Voyez comme ils nous
tendent les bras ! ils vont nous atteindre ;
ils nous touchent ; nous les prévenons,
et les premiers nous nous mêlons à eux ;
mais ils ne peuvent se confondre avec
nous : le mariage où ils végètent est plus
ou moins imparfait. Il n'y a pas dans les
forêts union de deux cœurs, fusion de
deux intelligences. D'un côté, des désirs
impétueux, une force brutale ; de l'autre, une soumission abjecte et des douleurs sans fin. Sans doute, jusque chez
les sauvages, les femmes se font chérir ;

mais leur empire passe vite, et les enfans
qu'elles mettent au monde, loin de les
lier plus étroitement au mariage, les en
font comme sortir pour laisser place à
une nouvelle épouse. Des jouissances
sans limites pour le maître, et des maux
qui ne s'arrêtent jamais pour celles qui
l'amusent : voilà le partage. Les enfans
croissent, leurs mères s'en inquiètent ;
c'est contre elles qu'ils font l'apprentissage de leurs forces ; pour être proclamés
hommes, ils les battent. Apporter à ces
sauvages les instrumens qui leur manquent, les lois dont ils ont besoin, c'est
prendre l'œuvre par sa fin : que tous
soient d'abord fondus dans le mariage
tel que l'a produit l'Europe, ils seront
ancrés pour toujours dans la civilisation.

L'esclavage existe encore dans plusieurs colonies, mais avec des adoucisse-
mens qui le rendent supportable. Sur ce
point il faut rendre hommage au siècle.
Pour ma part, ce que je reproche à l'esclavage, ce ne sont pas ses chaînes ; elles
ne peuvent rester long-temps lourdes ; ce
ne sont pas non plus ses mauvais traite-
mens : la loi, pressée par les mœurs, y
met promptement ordre. Si j'en veux aux
maîtres qu'engraisse l'esclavage, c'est de
refuser le mariage à des créatures qui leur
appartiennent; c'est de faire parquer ensemble les deux sexes. Il y a là une insolence de pouvoir qui glace d'horreur :
c'est plus que tenailler l'homme dans
ses membres, c'est l'égorger dans son
ame.

Les armes, soutenues par le courage
et la science militaire, donnent les conquêtes et élèvent jusqu'au niveau de la
gloire; mais elles n'associent pas au sol :
tôt ou tard celui-ci vous rejette. Une peu-
plade asiatique * a fait irruption en Europe : massacres, incendies, destruc-
tions, elle n'a rien refusé à ses victoires;
enfin elle a courbé sous son sceptre l'intelligence de la civilisation *. Ces barba-
res, chez lesquels le mariage est souillé,
n'ont jamais franchi la ligne où commence
la véritable force : la possession qui affermit les a énervés. On compte dans leurs
annales quelques hommes rares et puis-

* Les Turcs.

** Les Grecs.

sans ; ils ont laissé d'innombrables reje-
tons ; ils n'ont jamais fait race ; d'un frère
à l'autre il n'y a pas parenté. Avec des
qualités précieuses, cette horde touche à
sa fin : en contact avec toute l'Europe, elle
n'a senti la civilisation que par ses vices.

Dans l'antiquité, la force brutale se
permettait beaucoup ; cependant elle re-
connaissait un mariage subalterne pour
l'esclave. S'il ne comptait plus comme citoyen, il n'était pas banni de l'humanité.
Les événemens de la guerre l'avaient repoussé de la civilisation ; il y rentra t par
le mariage.

Les niveleurs pourront encore détruire
pendant des siècles ; alors qu'ils abattront

sur un point, des grandeurs nouvelles
prendront racine sur mille : c'est un la-
beur sans fin qu'ils ont entrepris. En Europe, il y aura toujours d'une classe à
l'autre des différences indestructibles ;
elles tiennent aux événemens des siècles
passés, aux mœurs des conditions pré-
sentes : dans le corps social, c'est le fond
du tempérament ; néanmoins il reste une
dignité commune pour tous. Eh bien,
c'est contre elle que s'ameute la bande
des niveleurs. Par le mariage les diverses
classes de la société se rencontrent dans
une véritable égalité ; il commence et
finit pour toutes de la même manière ; et
par un genre particulier de dissolution *,

* Le Divorce.

vous tentez d'en faire le privilége de quelques uns. Les riches paieront, afin d'a-
bréger sa durée ; ils entreront dans le mariage comme à un théâtre qu'on quitte
aussitôt qu'on est fatigué. Ils courront à
un plaisir nouveau, tandis que les pauvres seront éconduits quand ils deman-
deront secours contre certains maux
inévitables dans le mariage * : on aura

---

* Les frais d'un divorce obtenu à bon marché s'élèvent à
1,800 fr. Je demande où une femme du peuple trouvera
cette somme. Sans doute elle peut, d'après une permission
du juge, obtenir la remise complète des frais ; mais comment est-elle reçue chez un avoué? là, le gratis n'est pas à
la mode. Une pauvre femme sera donc cent fois martyrisée
par son mari avant d'avoir pu obtenir justice. Je sais que,
dans le cas où elle aura un amant riche, l'obstacle dont je
parle sera levé ; elle échappera par l'adultère à la brutalité
conjugale ; c'est ainsi que le divorce vient au secours des

trop à s'occuper de satisfaire les uns pour écouter les autres. Beaucoup de riches s'amuseront du mariage, certains pauvres ne feront qu'en souffrir : c'est une iné-galité de plus.

Le mariage n'a jamais été aussi facile-ment brisé à Paris que quand le meurtre était en permanence : les listes de mort et de divorce formaient équilibre. Le bourreau était sur la place publique, qui abattait les têtes; et l'officier municipal, dans la mairie, qui dissolvait les unions. On égorgeait les uns pour s'enrichir de

---

mœurs. Dans l'Allemagne protestante toute femme du petit peuple qui plaît à un homme riche divorce quand elle le veut.

leurs dépouilles ; on dégageait les autres
de leurs liens pour broyer une portion
de plus de l'ordre. Tous les vices s'essouf-
flaient dans une commune activité : c'é-
tait l'enfer procédant à l'anarchie.

Au nom de la civilisation, quelques petits hommes vont clabaudant contre l'indissolubilité du mariage. Ils citent des
faits qui donnent le frisson ; ils racontent
des histoires qui font pleurer ; ils se perdent dans des jérémiades qui touchent
jusqu'aux nourrices ; puis ils apportent
toujours avec eux le remède : le divorce.
D'abord, c'est dans la communauté des
misères de cette vie que l'union de deux
ames est une institution sublime ; ensuite
la justice d'ici-bas se trompe souvent.

Les sensibles du siècle n'en avaient pas
moins voulu qu'un homme déclaré coupable de certains faits fût chassé du mariage *. Il ne lui restait au monde qu'un
cœur pour s'entendre avec le sien, qu'une
voix pour le plaindre : enfin les yeux qui
jadis avaient souri à son bonheur, pleu-
raient maintenant sur son sort ! Cet être
unique, on le lui ôte. La loi fait plus,
elle tourne contre la sensibilité du devoir
les tourmens d'une susceptibilité qu'elle
réveille : elle empoisonne d'orgueil et
d'ingratitude des souvenirs qui, sans elle,
seraient restés fidèles. Il ne faut pas s'en
étonner. Le divorce est une des conditions de la barbarie : or, dans la barbarie

* Art. 227 du Code civil.

le malheur a toujours tort; le mariage,
au contraire, est la tendresse universelle
de la civilisation; celle-ci n'abandonne
pas même le crime avéré, elle le punit
avec regret : elle lui laisse donc sa famille.

Placer à côté du mariage le divorce,
c'est ressembler à des principaux de col-
lége qui, en interdisant à leurs élèves
toute sortie particuliére, les prévien-
draient qu'il y aura toujours à leur service une porte de derrière toute grande
ouverte. Le mariage comme la vie des
reclus a ses dégoûts; il faut être réduit
à les vaincre. Eh bien, avec la certitude
de l'indissolubilité on commence du
moins à prendre pied contre eux.

Il ne devrait être permis qu'aux hommes d'état de toucher au mariage, leurs mains sont habituées au maniement des plus hauts intérêts. Mais aux jours des révolutions, le mariage pour son malheur tombe au pouvoir des juristes. Ils ont quelquefois défendu des maris qui sont à plaindre et des femmes qui souffrent; aussitôt à leur horizon de palais, ils mesurent la civilisation entière, et du haut de la tribune pulvérisent le mariage; chez eux le métier tue la raison.

Dans nos vieilles lois, la séparation de corps et de biens dénouait; le divorce fauche; avec l'une, la famille restait; avec l'autre, elle est détruite. Maintenant où est la certitude du bonheur dans une nouvelle union? N'est-ce pas pousser de nouveau à un jeu de hasard qui s'y est déjà ruiné une première fois.

La séparation de corps définitivement prononcée, il arrivait jadis qu'une mère vaincue par sa tendresse pour ses enfans reprenait le joug du mariage; avec le divorce, elle court risque de créer une seconde famille. Placée entre des enfans de deux lits, il faut parce qu'elle aime bien les uns qu'elle déclare guerre à mort aux autres : son cœur la destinait à être bonne mère, la loi la fait marâtre.

Il est permis à quelques-uns de vivre en dehors du mariage; ils portent leurs efforts ailleurs; ils déposent leurs devoirs plus loin : au lieu de se concentrer dans une famille, ils s'engagent au service des siècles. Cependant ces ames d'élite n'ont obtenu de précieux résultats que lorsqu'elles ont contracté des liens indissolubles * : pour que nous allions loin, il faut que quelque chose fasse poids sur notre légèreté naturelle.

Le commun des hommes réfugie son inconstance dans le mariage, qui, par ses plaisirs, déride tous les devoirs; on s'en fatigue néanmoins, mais arrivent les enfans; c'est une vie nouvelle qui succède à la première : on change sans cesser de s'appartenir. Que dis-je! c'est par

* Vœux religieux.

les enfans que les époux s'appartiennent
encore mieux; ils se renouvellent non-
seulement par les qualités qu'ils leur
trouvent, mais encore par les légers défauts qui les déparent : ils s'aiment davantage par les uns et se pardonnent plus
souvent par les autres.

Ces termes de mépris que la fortune
ou le pouvoir invente pour nous sépa-
rer sans retour les uns des autres, tombent comme éteints devant la majesté du
mariage. Regardez une femme du peuple; elle est placée entre son mari et
ses enfans, elle serre la main de l'un,
elle sourit aux autres. Il y a dans cette
simple attitude une félicité si paisible et
si pure, une harmonie si parfaite et si

élevée ; tant d'affections et de devoirs se trouvent confondus, que cette pauvre femme inspire le respect ; on a beau sentir la détresse, la qualité de mère se fait jour : elle devient une grandeur.

Les gens du monde se fatiguent vite des plaisirs tranquilles ; il faut que l'émotion du jeu, le bruit de la musique, l'éclat des lumières les piquent et les réveillent ; ils ne sont remués que par des sensations qui les épuisent. Ils épousent le luxe et les richesses du mariage, mais non ses joies, qui sont si douces ; ils ont une femme et des enfans : leur nom se conservera. Le matin, à dîner, quelquefois le soir, ils tombent dans leur famille ; c'est un accident qu'ils ne peuvent

2..

pas toujours éviter. Les hommes qui vivent du travail de leurs mains ne comptent le temps que s'il allonge la mesure de leur peine ; ils ont dépassé l'heure où ils revoient leur femme et leurs enfans : ils souffrent. Les voilà auprès d'eux, la fatigue disparaît ; ils sont heureux jusqu'au lendemain. Les gens du monde approchent du mariage, les pauvres y séjournent.

Il n'y a rien de si abject dans la capitale que cette tourbe qui, reniant tous les devoirs, passe du commerce libre à l'adultère, change de femme comme de métier; procrée des enfans, les abandonne et en oublie jusqu'au nombre. Lorsque ces espèces d'animaux pullulent

dans toutes les classes, nulle forme de
gouvernement n'est plus possible. Le
sabre du soldat, le fouet du maître, s'é-
moussent à frapper; les lois sont sans
force, la terreur sans puissance. La société s'écroule, ses ruines même ne vieil-
lissent pas; le ciment qui les unissait
s'envole en poussière : il faut aller plus
loin rebâtir sur le mariage.

Les hautes classes expient, par l'exemple continuel des bonnes mœurs, l'atteinte
qu'elles ont portée jadis au mariage ; la
pénitence doit être longue; néanmoins le
repentir porte déjà ses fruits. Dans les
classes intermédiaires qui possèdent aujourd'hui le commandement, le respect
extérieur du mariage est conservé; mais

si les richesses abondent, on échappe à ses lois. Le peuple, à part quelques exceptions, vit renfermé dans les devoirs de son ménage ; ainsi le pouvoir d'exécution réside aux centres, mais la force qui vivifie est aux deux extrémités.

Dans les sociétés qui sont encore jeunes on bouleverse l'état par la violence ; chez les peuples énervés par l'âge, on le mine par le vice. Au milieu des troubles civils, le mariage défendu à Rome par les mœurs publiques a vu fleurir la conquête et la liberté. Le divorce entre-t-il dans les habitudes de la vie, la constitution est étouffée, les victoires s'arrêtent ; l'obéissance abjecte arrive ; l'ère des grandeurs est close : Rome a le dernier de ses vices.

Il y a dans la religion catholique un précepte qui rend le mariage indissoluble : c'est la loi de tous. Ce précepte, faute de savoir le comprendre, on l'a dénigré ; on a fait route au de-là, et il a fallu bientôt revenir sur ses pas. Dans nos temps modernes, c'est le protestantisme qui, le premier, a attaqué l'indissolubilité du mariage : il a été la cause de plus d'un siècle de guerres. La révolution française a moissonné plusieurs millions d'hommes ; elle avait sur ce point recommencé le protestantisme. Un nouvel essai peut être tenté, la population est si nombreuse en France ! On fera peut-être la loi * : le sang l'effacera.

---

* Mes pressentimens viennent de se réaliser : la Chambre

Il faut passer par la loi civile pour atteindre au mariage religieux. On se présente donc devant un magistrat civil ; il
est entouré de ses acolytes, il se tient sur
une estrade ; il a son luxe, il a sa pompe ;
il vous débite quelques articles d'un code
qui, œuvre de l'homme, est fragile : on
se retire, on a obéi à l'exigence du moment. L'église ouvre ses portes, les fran-

des députés, en proclamant le divorce, le 14 décembre 1831, a
installé l'anarchie dans les mœurs, comme si elle devait être
partout. (31 décembre 1831, 4ᵉ volume de la 4ᵉ édition.)

En dépit de la haute leçon de sagesse que la Chambre des
pairs a donnée l'an dernier, un député vient de renouveler
une nouvelle tentative en faveur du divorce ; eût-elle même
pour elle la sanction législative, elle sera repoussée encore
long-temps par les mœurs, ou pour mieux dire par la mémoire publique. (7 janvier 1833.)

chit qui veut; on pénètre dans le sanc-
tuaire; la cérémonie commence : elle est
simple, mais grave; des paroles du prêtre
on aperçoit l'engagement qui monte et
s'élève; il vous lie, il vous possède : on
est marié.

Mille routes de traverse existent dans
la société : les unes mènent aux honneurs, les autres aux grands emplois;
celles-ci à la réputation, celles-là à la
gloire. La foule est partout; on se presse,
on s'écrase; quelques uns arrivent, ce
sont des noms pour l'histoire. Les hommes ordinaires, au lieu de rien demander à l'avenir, s'épanchent dans le présent et s'y enracinent par le mariage; ils
constituent les ressources nourricières

du pays : les autres n'en sont que les dépenses d'éclat.

Le mariage a été calomnié de siècle en siècle; on n'a entendu sur son compte que les philosophes qui en ont deviné plutôt que senti les inconvéniens : de là à les grossir, il n'y a eu qu'un pas. Le bonheur, dans le mariage, est le résultat d'une multitude de détails qui traversent si vite, qu'on n'a pas le temps de les remarquer. On s'entend sans se parler; on se communique par tous les points de contact que renferme le cœur; on est soi, mais partagé avec un autre, mais augmenté de ce qu'il vous apporte. Il existe dans un pareil état quelque chose de si intimement délicieux, que,

pour le connaître, il faut y être mêlé :
il faut plus, y passer tout entier. Les
philosophes, à cet égard, sont récusa-
bles ; s'égarent-ils dans le mariage, ils en
vivent trop loin pour être aptes à l'apprécier ; ils le touchent plus qu'ils ne le
sondent, et c'est un ensemble où, pour
devenir bon juge, il faut être partie continuelle.

La passion que vous inspire une maîtresse est quelquefois sans bornes ; mais,
comme ce qui est exagéré, elle parcourt
rapidement tous les extrêmes. Ce sont
des hauts et des bas perpétuels ; de jouissances infinies on passe à des inquiétudes déchirantes : on est sur les plaisirs
comme les acrobates sur la corde ; on

s'élève à des hauteurs prodigieuses, mais la sécurité vous manque; c'est une vie toute de secousses; elle ne finit que par une chute. Les uns s'en relèvent tout froissés, les autres meurent sur le coup.

Il y a dans les très jeunes filles quelque chose de vif, mais en même temps d'heureux; elles se parent pour elles-mêmes; elles vont aux fêtes et aux bals où elles dansent pour leur compte; c'est l'enivrement du premier âge; c'est le sentiment de leurs propres forces; c'est comme l'insolence de leur pouvoir. Cet état ne dure pas long-temps; elles se replient sur leur cœur; elles prêtent l'oreille à ce qu'il leur demande; elles deviennent sérieuses et réfléchies : elles vont être mariées.

Quelques hommes, qui ont causé et ressenti grand nombre de passions, arrivent haletant au mariage; ils lui demandent calme, repos, et, pour ainsi dire, sommeil. C'est en attendre plus qu'il ne peut donner : il règle le plaisir, mais il ne le raie pas.

Les veuves languissent tristes et taciturnes ; elles sentent ce qu'elles ont perdu; elles le regrettent vivement; elles sont mal à l'aise avec les femmes qui sont en plein exercice du mariage : c'est un rapprochement qui leur déchire l'ame. Elles vivent mieux avec les jeunes filles; elles leur sont supérieures par la mémoire, et, faute de mieux, cela les console.

On fait grand bruit des différends du mariage : il est vrai qu'on s'y dispute quelquefois ; mais on ne peut vivre long-temps brouillé en présence de ses enfans ; leur tendresse vous rapproche. L'estime publique et les devoirs réciproques vous condamnent à l'accord, vous lient à l'union. Si vous vivez mal ensemble, on ne vous plaint pas, on vous méprise : il y a un joug pour tous les deux, celui du bien : la raison vous fait plier sous lui. Dans un commerce libre les sens se fatiguent vite ; ils reviennent promptement d'une première nouveauté de plaisir ; nulle règle pour discipliner leur inconstance ; nulle ressource pour réveiller leur dégoût. Je sais qu'il est des circonstances où des liens, sans être légitimes, restent

indissolubles ; ils enlacent deux existen-
ces, sans pouvoir les rendre tout-à-fait
communes. On ne peut se quitter ; on ne
peut être heureux. Les plus belles années
de la vie se balancent dans cet état équi-
voque ; on vieillit amans sans être époux ;
on a des enfans, on ne laisse pas de famille.

On peut dans le cours de la jeunesse
inspirer de fréquentes passions ; les unes
remplacent les autres : il y a des raisons
pour être aimé d'une femme, il y en a
pour la quitter et pour qu'on coure après
une autre. Mais comme on ne plaît qu'à
certaines conditions, il arrive que les
hommes à bonne fortune, quand ils sont
encore jeunes, ont un instinct merveil-

Ieux du mariage; ils y entrent en vainqueurs. A force d'avoir conquis des femmes, ils savent ce qu'il faut pour rendre
une femme heureuse : ils la dominent
de toute leur expérience.

Il y a dans certaines femmes mariées un
tel aplomb de bonheur, une conviction
si complète de la dignité de leur position, qu'elles en écrasent même les jeunes filles : par intervalle seulement celles-ci prennent leur revanche. Ainsi au
milieu du bal elles éprouvent un étour-
dissement de louanges et d'hommages qui
dure autant que le bruit de la musique.
Mais le lendemain, à leur réveil, elles
sont seules; elles n'ont tout au plus que
l'espérance : les autres ont la certitude.

Il faut que le mariage soit comme un état forcé pour les femmes, à voir l'aigreur continue de celles à qui il manque. Ni les prévenances qui les entourent jusqu'à un certain âge, ni les jouissances du luxe, ni les plaisirs de la vanité, ni les douceurs de la fortune; rien ne les console. Elle peuvent être nées princesses; mais tant qu'elles n'entrent pas dans le mariage, elles vivent décontenancées. Qu'on ne s'étonne pas des alliances qu'elles font sur le retour; elles les apprécient ce qu'elles valent... Elles en rougissent. Mais un jour arrive où elles prient qu'on les accepte. Descendues aussi bas dans leur propre conscience, elles en oublient le reste du monde; elles ne choisissent pas leur sort, elles le terminent.

On est libre parmi nous d'entrer dans
telle ou telle carrière; à sa guise on se
fait officier, juge, administrateur, ban-
quier ou avocat ; nul ne s'en mêle.
Mais sur les choix dans le mariage,
règne une tyrannie de tradition ; on ne
vous passe pas un amour qui a pris naissance avec vous ; on ne s'inquiète pas
des vertus de celle que vous épousez :
est-elle grande ou petite, belle ou laide ;
ce sont détails de ménage qui vous restent
particuliers. On ne se récrie que sur la
modicité de la dot : on s'indigne sur son
absence. Les Français en général se ma-
rient plus habilement qu'heureusement.

Des obstacles se rencontrent qui rendent le mariage impossible entre certains

qui ne vivent que pour s'aimer. On s'est fait, de part et d'autre, des **sacrifices** si prodigieux, qu'on ne peut plus rien se refuser. Hors quelques ames d'élite, la force humaine a sa mesure. Voilà une position tout-à-la-fois difficile et délicate. Il faut, à force de vertus, conquérir le public et le jeter de son côté : un seul jour de mariage eût fait plus ; eût fait mieux.

Ah ! c'est lorsque la mort menace de venir rompre une union où pendant de longues années toutes les habitudes du bonheur sont venues se confondre ; c'est alors qu'il ne faut plus rien attendre du courage : à peine suffit-il pour accoutumer à un malheur inattendu. Mais se voir

5..

ravir celle pour qui l'on donnerait mille
fois sa vie : voilà qui surpasse toutes les
forces ! Cette femme qui, pâle et abattue,
s'éteint sur un lit, elle a partagé vos affections les plus secrètes, elle a séché
vos larmes, elle a souri à toutes vos joies,
elle a pris part à tous vos maux, plus
d'une fois elle vous les a fait oublier:
seule, elle savait bien votre cœur.
Elle souffre.... c'est sur vous que ses
yeux se reposent; c'est pour vous qu'ils
s'ouvrent, se raniment et luttent d'un
dernier effort. Ses idées se mêlent, se
confondent; elle a peine à les suivre;
mais les jours qu'elle a passés avec vous,
elle les garde dans sa mémoire : ils sont
tous à leur place. Si, par intervalle, elle
prononce à demi-voix quelques mots

entrecoupés, ce n'est pas pour se plaindre, c'est de vous dont elle s'occupe ; vos
souvenirs l'enveloppent, la raniment et
la remontent dans la vie. Des douleurs
plus atroces la déchirent, elle en surmonte
la torture ; et c'est silencieuse qu'elle se
désespère : vous avez besoin d'être rassu-
ré. De minute en minute, elle ressent
l'amertume d'une séparation qui l'envahit
sans qu'elle puisse la comprendre; elle
la reçoit néanmoins avec calme et douceur; ses habitudes sont toujours les
mêmes. Vaincue par tant d'efforts, ses
larmes coulent; elle s'efforce de les arrêter, ou les essuie sans qu'on s'en
aperçoive... Puis, elle songe à ses filles... qui les veillera ! Il n'y a que le
cœur d'une mère qui s'entend à les éle-

ver. Ses fils ! à peine sont-ils à plaindre;
un père leur reste. Les amis se succèdent
auprès de la mère de famille : ils lui
glissent ces paroles de consolation qu'on
a trop prodiguées aux autres pour y
croire soi-même : elle leur sourit ; c'est
pour eux la dernière expression de sa gra-
titude; elle est contente de les avoir vus;
elle ne se sent à l'aise que lorsqu'elle est
rendue tout entière aux soins de son
mari : elle veut en jouir toute seule pour
en jouir mieux. Le jour s'écoule; il a
son mouvement obligé; il étourdit, s'il
ne distrait pas. Mais la nuit arrive : c'est
alors que l'époux épuise toutes les angoisses de son sort. Assis au chevet de
celle qu'il a tant aimée, il s'arrête suspendu aux progrès de son mal; il lutte

pour les reculer.... Il ne peut rien contre eux : immobile au milieu du silence qui pèse autour de lui, il entend sonner ces heures qui se traînent si lourdement. Un léger bruit frappe son oreille; il se lève doucement, si doucement qu'il semble ne pas se mouvoir : sa femme a soupiré. Il s'approche de plus près, il l'embrasse et la serre de son regard. Quel changement! Toutes les facultés de la vie tombent et disparaissent. Il s'arrête anéanti à la même place ; il n'appartient plus au présent.... Un léger cri le réveille : c'est la voix, la voix si chérie de sa compagne; il est à côté d'elle. A demi levée sur son séant, elle cherche quelque chose qui lui manque, c'est la main de son époux; elle la saisit et la

presse comme pour ne plus s'en détacher : c'est le dernier élan qui précède le
dernier adieu. Il pleure et sanglotte ; il a
compris sa position : mais il la repousse
et appelle à son secours tout ce qu'il a de
plus aimant dans le cœur : c'est par cette
puissance qu'il veut la retenir ; elle lui
échappe et passe à travers sa dernière
espérance. Le jour revient, on lui amène
ses enfans ; elle fait signe pour qu'ils
l'environnent ; on dirait qu'elle les compte ;
enfin d'un dernier regard, elle contemple
son mari ; une sorte d'épanouissement
rayonne sur ses traits : elle est morte.

DU POUVOIR.

DU POUVOIR *.

———◦◦◦———

Pouvoir : sujet qui m'intéresse ; il est grave ; il est important ; aussi en parlerai-je avec convenance et respect. Si j'ai souvent obéi, j'ai quelquefois commandé : ce dernier genre de souvenir ne s'oublie jamais : il fait partie du mobilier

---

* Je dois prévenir le lecteur que ce chapitre a paru pour la première fois le 21 septembre 1829 ; j'ai fait quelques changemens au début et des additions à la fin.

de la mémoire. Comme tant d'autres, j'ai été mêlé à tout ; souvent je n'en ai été que plus mal : n'importe, j'ai l'expérience du pouvoir.

Jeune, j'étudiai les lois ; mais en cultivant les lettres, celles-ci vous mettent, pour ainsi dire, en possession du monde entier, car elles vous dotent du pouvoir de l'intelligence, qui, en définitive, mène le monde. J'étais dans la bonne route ; je commençais à prendre comme enfant de Thémis, et à surprendre comme émule de nos grands maîtres, lorsqu'un beau matin et grâce à une retraite malencontreuse *, on me proclama homme de

* Retraite de Moscou.

guerre. Forçat de la gloire, j'ai porté la giberne et exercé le pouvoir du sabre; alors il n'admettait pas de réplique : c'était son bon temps.

Rendu à la paix, je désarmai comme les puissances : je me trompe, je ne quittai pas les combats, je ne changeai que de genre : je devins publiciste. Aussitôt flamberge au vent , je donnai des conseils aux uns, des leçons aux autres, et à certains je ne ménageai pas les épithètes : on n'a pas loisir d'être poli à la guerre. Organe de l'opinion publique, je me déléguai tout son pouvoir, sans demander permission , et en son nom je pulvérisai mes adversaires : on n'en use jamais autrement. Critique littéraire, j'ai

tenu juridiction en matière de goût;
j'ai eu ma petite cour, et j'ai distribué
de la réputation , quand on m'en a prié
de bonne grâce. Ce n'est pas tout , deux
fois j'ai participé aux affaires , rouage
imperceptible d'administration. Enfin ,
j'ai souvent rencontré dans le pouvoir
de petites vues et de grandes prétentions : il m'a paru tour-à-tour badin et
gourmé ; voulant faire peur et donnant
à rire ; promettant beaucoup et tenant
peu..... Mais voilà qui tourne à la per-
sonnalité et vise à la raillerie! Vîte ! je
rentre dans le sérieux.

Des hommes sont réunis, ils apportent
en commun des besoins à satisfaire, des
intérêts à féconder : tout leur réussit.

Mais de la multiplication de ces hommes,
jaillit avec le temps ce qu'il y a de plus
bas : les vices. Le péril est partout, la sûreté nulle part. Au milieu de ces désor-
dres repose toujours inconnue une qualité supérieure, elle se lasse d'obéir ; au
moment donné, elle rallie et commande :
le pouvoir est fait.

Comme on le croit ordinairement, le
pouvoir ne se compose pas de telle ou
telle qualité ; au contraire, il est tenu
d'avoir un peu de toutes pour long-
temps commander à tous. Il ne lui
faut cependant qu'une qualité supérieure pour imposer l'obéissance : sait-il
bien la manier, il en discipline tout son
siècle.

Ce qu'il faut rencontrer avant tout, c'est le pouvoir. De cette source féconde sortent plus tard la justice, la liberté, les vertus et les grandeurs. Otez le pouvoir, il n'y a plus de citoyens, mais des hommes.

Le pouvoir, même le plus ancien, peut être renversé, c'est un accident; mais tôt ou tard il sort victorieux par la force des souvenirs qu'il a laissés : la mémoire du peuple le remet à sa place.

Quand le pouvoir est nouveau, il sème tant de bienfaits, que sa sève en est bien vite épuisée; il tombe du moment où les espérances sont plus étendues que ses ressources.

Le pouvoir a diverses chances de durée qui se modifient avec les peuples et les siècles : j'aurais trop à faire de les énumérer. Je dirai seulement que le pouvoir ne vieillit bien que là, où, quand il se trompe, il est arrêté tout court.

Le pouvoir n'est jamais détesté qu'à demi : à côté de leurs devoirs les hommes ont leurs intérêts.

Il est des temps où le pouvoir effraie ; il en est d'autres où il attire ; quelques-uns où il fait pitié ; il en est de bien plus rares, ceux où il n'arrive pas toujours à se faire obéir.

Le pouvoir est quelquefois mal con-

seillé ; il tourmente, torture et désespère;
il est injuste et cruel ; les pages de l'histoire en déposent. Enfin , il trébuche
dans l'anarchie ; alors son plus grand for-
fait est accompli.

Les hommes sont si peu raisonnables,
que , s'ils pouvaient appréhender le
pouvoir au premier jour de sa naissance, ils l'étoufferaient sans pitié. Mais
comme ces graines que le vent porte, il
pousse, et à l'improviste s'élancent ses
rameaux.

Il arrive encore que le pouvoir se glisse
au milieu des intérêts, leur sert de lien
commun et se perpétue en les conservant.

Le pouvoir naît d'à-propos et se conserve d'habileté.

J'aime le pouvoir qui agit, mais le
peuple qui conseille : ici, peuple veut
dire élite des lumières et des intérêts,
comme pouvoir exprime force.

On a prétendu que la légitimité n'ino-
culait pas le talent, et que pour gouver-
ner il fallait d'abord du talent au pouvoir.
Sans doute c'est une de ses conditions ;
mais la légitimité n'exclut pas le talent,
elle l'exploite mieux qu'un autre. Maintenant la légitimité peut-elle naître dépourvue d'intelligence : je l'accorde. Hé
bien ! elle a son droit et ses fondés de
pouvoir pour l'exercer ; il y a change-

4..

ment, substitution dans les personnes,
mais l'essence reste.

Les formes représentatives sont loin
de détruire le pouvoir monarchique ; ce
qu'elles lui ôtent en éclat, elles le lui rendent en durée. Tous deviennent soli-
daires d'un seul ; le pouvoir n'est pas
ici et le peuple là : ils font étape ensemble.

Le pouvoir auquel le droit de succes-
sion manque, passe à se conserver et à
se maintenir les heures qui appartiennent
au gouvernement : il combat, et ne
règne pas.

L'habileté est indispensable au pouvoir qui vient d'être restauré : il faut qu'il procure plus de bien qu'on ne peut lui en demander.

Quand un peuple se civilise, il veut avoir en libertés tout ce qu'il arrache au pouvoir en prérogatives : telles sont ses prétentions; voyons ses intérêts. Ceux-ci vont se multipliant à tel point , qu'à côté du pouvoir suprême , s'élève bientôt le pouvoir judiciaire proclamé indépendant, puis surgit le pouvoir administratif. Bref, le citoyen est bientôt poursuivi dans ses opinions, ses habitudes et les secrets de sa vie la plus intime ; c'est qu'alors s'établit le pouvoir de l'opinion publique exercé par la presse : la civilisation est complète.

Passer sans transition du pouvoir arbitraire à l'anarchie : traverser la fièvre pour arriver à la peste.

En France, on n'a pas d'inclination pour le pouvoir pris en grand : on n'en raffole que comme d'un hochet de localité avec lequel on tourmente son voisin. On ne s'épanouit bien que dans les jouissances d'une vanité bourgeoise. Au plus haut degré de sa·sphère le pouvoir est paternel parmi nous; il ne se pervertit qu'en descendant.

Ce qui devrait le moins manquer au pouvoir, c'est la volonté : elle lui vient de tous ceux qui sont liés à son sort. Cependant le pouvoir s'écroule toujours faute de volonté ; c'est qu'elle implique choix, discernement, habileté dans l'exécution des mesures. La volonté est aussi rare dans l'homme du pouvoir que le génie dans l'homme privé : après tout, l'un a plus de peine à commander et l'autre plus de facilité à obéir.

Deux systèmes sont en présence : le pouvoir électif et le pouvoir successif.

Le premier est moins que l'œuvre d'un siècle, d'une génération, d'une partie du peuple ; quelques uns se rencontrent dans un commun intérêt, ils crient : voilà le maître ! C'est affaire faite.

Le système successif est le produit, non

d'un moment, mais des temps : un siècle
a voulu ; les autres ont ratifié.

Le pouvoir électif se reprend comme il
se donne ; c'est tout au plus l'avis d'une
fraction du peuple : le pouvoir successif
est l'arrêt de tous les âges du peuple.

Au milieu des plus étonnantes révolutions, un grand capitaine prendra des
villes, possédera des provinces et mon-
tera sur un trône. C'est beaucoup ; il fera
encore plus : une chasse heureuse aux
vieilles dynasties. Il accumulera des scep-
tres, mais il ne créera pas une famille
royale : il ne peut que se faire roi.

La civilisation est entrée en Europe

par le pouvoir successif, elle en sortira par
le pouvoir électif.

Les armées romaines ont donné des
maîtres au monde : c'était la force régu-
larisée qui, en révolte contre la cité,
appliquait le système du pouvoir électif.
Si chaque ville eût proclamé son empe-
reur, l'anarchie civile alors eût mis en
action le pouvoir électif. En définitive,
c'est entre ces deux extrêmes qu'il se
ballotte.

Maintes fois le système électif n'oblige
pas plus celui qui reçoit que celui qui
distribue : c'est un acte de telle nature,
qu'il lui manque toujours quelque for-
malité substantielle.

Deux États ont conservé les derniers
en Europe le pouvoir électif : la Pologne
et la Suède. La première n'a plus que
des ruines ; pour retrouver la seconde,
il faut chercher avec attention sur la
carte.

DES

CONVENANCES.

DES CONVENANCES.

On appelle, dans le monde, CONVENAN-CES, certaines habitudes, certaines ma-nières d'être sanctionnées par l'usage.

Les convenances se composent d'une infinité de nuances fugitives et rapides, difficiles à saisir pour qui vit dans la re-traite. Je les définis, relativement à la société, le don de sentir toujours juste.

Envisagées sous un certain aspect, les convenances surprennent par l'importance réelle qu'elles acquièrent. Ainsi la société vieillissant, elles étendent partout leur empire et défendent alors d'une confusion complète. A défaut de l'estime, elles disposent de la considération et suspendent l'anarchie des rangs : en d'autres termes, si elles ne créent pas la moralité chez un peuple, elles lui assurent l'ordre apparent.

Dans les républiques, les devoirs commandent : dans les monarchies, les convenances retiennent.

Les convenances sont à la politesse ce que l'à-propos est à l'esprit.

J'ai passé quelquefois des journées et des semaines entières solitaire et méditatif ; puis je suis retourné dans le monde. Au premier instant je n'entre pas juste dans les convenances de détail ; je suis vaincu par l'impression absolue des choses : le cœur me bat à sa volonté ; l'esprit ne me revient pas libre d'un premier aperçu ; enfin j'ai cette maladresse de vérité qui, de surprise, plaît et réveille un instant à Paris ; comme une sorte de nouveauté sans conséquence.

Chaque société a ses convenances comme son esprit particulier.

Les hommes adoucissent le malheur sans jamais lui tenir compte de ses antécédens ; les femmes, dans ce cas , remontent toujours à l'origine, et, par les convenances seules, replacent celui qui souffre aussi haut que son bonheur d'autrefois.

Les convenances qui touchent à la vertu sont d'instinct; celles de la haute société s'apprennent et s'oublient.

Il est donné à quelques livres de signaler le vrai et le positif; à la société d'enseigner le fructueux et le relatif. Les doctes, par la puissance de leurs méditations, produisent les semences d'où sortira plus tard un nouvel avenir : les gens adroits, tirant seulement parti de quelques convenances dominantes, exploi-

tent dans tout son lucre le temps présent.
Les uns savent leur siècle, ils jouissent ;
les autres vivent sur le siècle qui doit
suivre, et, placés sans cesse en avant, les
plus heureux meurent la récolte encore
sur pied.

Les convenances, je veux dire les petites, changent de fond en comble tous les
cinq ans : de compte fait, vingt fois par
siècle. A cet égard, qui vit loin de Paris
vieillit bien avant l'âge : ignorer parmi
nous les convenances du moment ; c'est
toucher plus qu'à la décrépitude ; c'est
donner une démission si officielle de la
vie, que désormais on recule à vous recevoir, de crainte de se mêler, même pour
un instant, à un trépas accompli.

Les convenances, telles que nous les connaissons en France, ne sont pas de vieille date : je les tiens pour création de Louis XIV. Ce prince voulant énerver l'audace des familles nobles en ressera l'élite dans sa cour, et par mille nuances imperceptibles, glissa entre elles des distances infinies. Telles naquirent les convenances : long-temps elles furent l'apanage exclusif des hautes classes; mais insensiblement elles regnèrent partout où pénétrèrent l'aisance, l'éducation et la prospérité. Sans doute l'individu en est demeuré déchu d'une certaine impétuosité de caractère, mais en retour l'homme se montra si aimable que désormais il fut dispensé d'être fort.

Est-il permis de sacrifier les plus impérieuses convenances à la vivacité d'une noble reconnaissance ; bref, pour satisfaire son cœur, peut-on risquer une complète mésaillance ! Question délicate ! en effet, la société ne repose pas sur les principes d'un mieux absolu, mais bien sur les avantages d'un mieux relatif : violer certaines convenances, c'est donc la blesser au cœur. Comment résoudre alors la difficulté ? En justifiant son choix par un bonheur continuel, puis en se rattachant cette même société par d'éclatans services ; car, dans la vie publique, qui lui paie généreusement sa dette, ne la trouve pas long-temps armée sur le reste d'un inflexible contrôle.

De nos jours, aux lieux où s'est fixée

la fortune, la manière est franche et l'expression sincère; mais aussi la société a
perdu tout le charme des convenances.
Précipités dès leur jeunesse dans les spé-
culations de la Bourse, les hasards des
camps ou les troubles civils, les riches
du siècle n'ont jamais pu acquérir le tact
qui fait deviner les convenances. Les uns
pensent que tout se paie avec de l'or,
les autres, durs et inflexibles, blessent à
chaque instant le cœur : les derniers, éternels péroreurs, dissertent où il faudrait
sentir. D'un autre côté, nos habitudes
politiques, placent ces mêmes hommes
dans un mouvement perpétuel qui leur
fait considérer la société comme une
foule tumultueuse où on a le droit de
tout heurter, sans même y regarder. Plus

bas, chez le peuple, les femmes qui reçoivent un commencement d'éducation,
saisissent à merveille, dans les convenances, tout ce qu'elles ont de touchant
pour le cœur. Il n'en faut pas plus pour
qu'un jour elles relèvent les habitudes
des hommes de leur condition : déjà
elles sont assez habiles pour les soumettre au besoin d'un habillement re-
cherché : c'est le premier pas de l'em-
piétement.

PENSÉES DIVERSES.

PENSÉES DIVERSES.

TROIS grandes révolutions ont déjà
éclaté chez les peuples modernes : la première a tenu à des croyances religieuses ;
la seconde à des opinions politiques ; enfin la troisième, c'est-à-dire celle qui a
lieu dans ce moment* s'augmente des
conquêtes que fait chaque jour l'industrie, qui d'ailleurs lui a donné naissance.

* 1825.

Et comme cette révolution, la dernière que doit subir l'Europe, a surtout besoin de paix et de tranquillité, elle n'égorgera ni rois, ni peuples. Soumissionnant la civilisation, elle la prendra à l'entreprise : ses fonds sont déjà faits. C'est ainsi, qu'après avoir rendu tout vénal elle achètera tout.

La grande habileté dans les révolutions n'est pas de les dompter pour un moment; il y a trop à perdre en restant ainsi vainqueur. Veut-on triompher avec profit, il faut savoir se mettre vite en tête de toute révolution qui commence, parce qu'alors on la mène où l'on veut, c'est-à-dire comme on voit juste, où elle doit arriver.

Les peuples n'inventent pas toutes leurs opinions : il en est quelques-unes qui les atteignent comme certains besoins, sans qu'ils puissent s'en défendre. Alors sont-ils doués de grandes qualités, c'est du sentiment de leur propre conservation, qu'ils tirent la gloire la plus éclatante et les richesses les plus immenses. En tout temps, les peuples voisins de la mer ont trafiqué, parce que la terre qui nourrit a manqué à leur activité. Afin de réussir, c'est-à-dire d'acheter et de vendre à propos, il a fallu force liberté et pour eux et pour les nations qui consomment les produits de leur industrie. En veut-on un exemple, le plus mémorable de tous ; c'est le siècle actuel qui va le fournir. Un instant en Europe la civilisation a d'abord été menacée par cette sorte de barbarie que répand toute liberté sans limites; puis elle a été étouffée sous le poids du despotisme militaire qui toujours marche à sa suite. Alors l'Angleterre fomente partout des ligues monarchiques : au prix de l'or, elle les crée et les attise. Enfin soutenue par des efforts dont l'unanimité tient du prodige, et après une longue et terrible résistance, la dernière ligue monarchique triomphe. Mais échappée au plus grand des périls, l'Angleterre ne tarde pas à rentrer dans les véritables conditions de son existence. Elle se détache de la rigueur du principe monarchique, et devient l'alliée de chaque révolution qui, se constituant démocratique, doit l'enrichir dans le nouveau monde. Et comme elle dispose de ce qu'il y a de plus rapide, ses vaisseaux donnent leur appui long-temps avant que l'Europe puisse en recevoir la nouvelle. Désormais il y aura au monde deux systèmes contradictoires : d'une part la Sainte-Alliance qui redoute tout mouvement*, et ne pense qu'à surcharger de nouveaux devoirs, la vieille dépendance des peuples ** ; tandis que l'Angleterre reconnaît toute rébellion qui, sans danger pour elle, aspire à des idées dont la liberté même doit agrandir le lucre de son industrie commerciale. Maintenant de quel côté pas-

* 1825.

** Cette disposition s'est accrue par la révolution de juillet qui a mis la Sainte-Alliance sur le pied de guerre. 11 janvier 1833.

sera la victoire? je l'ignore : seulement
le monde, partagé entre deux systèmes
complètement -opposés, se perfection-
nera, parce que, en dépit de toutes les
prohibitions, il empruntera tantôt à l'un,
tantôt à l'autre : avec le temps il arrivera
donc, pour les principes, à la stabilité et
à la régularité monarchiques, tandis que,
pour les intérêts, il possédera l'activité
et la liberté démocratiques.

Tout véritable changement politique
s'exécute par les hommes; mais s'inspire
par les femmes : les mœurs insurgent les
intérêts.

Quand on songe à tout ce que les révolutions ont besoin de vices et de dévoue-

mens pour tenter leur premier coup de
main ; il ne faut pas s'étonner de la diversité de leur fortune. Nées au sein de la
confusion elles aboutissent droit à l'anarchie. Quelques unes restent victorieuses :
c'est qu'alors l'énergie du désordre l'emporte sur le laisser-aller de la faiblesse.

On se trompe presque toujours en
comparant les révolutions : on les juge
sur le résultat qu'elles promettent, tandis qu'on ne devrait les apprécier que sur
leur origine : leur point de départ renferme leur avenir.

Aujourd'hui le pouvoir* en France

* Royauté de juillet.

oppose l'esprit de conservation à l'esprit
de mouvement : il cherche à mettre en
équilibre les intérêts et les opinions. Les
premiers forment de leur poids, un immense point d'arrêt; mais continuellement harcelés ils céderont tôt ou tard :
c'est le calme de la possession en présence
de l'impétuosité de la conquête.

Les hommes ne se gouvernent jamais
long-temps par la force ; ils en ont trop
vite le secret. Aussi depuis que le monde
existe, a-t-il toujours été dompté soit
par une conviction, soit par une autre :
et voilà pourquoi il est si difficile à mener lorsqu'il ne croit plus à rien.

La révolution religieuse a bravé tous

les genres de périls : elle croyait arriver droit à la conquête de l'éternité. La
révolution politique, de son côté, a fait
souffrir ses plus nobles partisans : et
cependant ces deux révolutions, pro-
digues du martyr, n'ont jamais manqué de victimes volontaires. Maintenant
que se développe la troisième révolution
européenne, quelle foule ne doit-elle pas
soulever, puisque, loin de coûter, elle
s'appuie sur les intérêts pour augmenter
les jouissances. Si le temps ne lui manque pas, elle deviendra la plus étendue
et la plus populaire de toutes les révolutions.

Quand l'humanité pénètre dans toutes
les classes, et qu'en même temps se dé-

veloppent toutes les facultés individuel-
les , le sort du citoyen s'améliore et s'a-
noblit. Alors le pouvoir, pour qui ne regarde pas attentivement, paraît s'affaiblir;
mais au fond s'il commande moins , il
persuade davantage.

Les révolutions tournent mal pour
vouloir se précipiter trop en avant ; les
restaurations pour vouloir se rejeter trop
en arrière. Il y a un point précis pour les
unes comme pour les autres. Mais comment l'atteindre ? en étant tout à la fois
plus fort que les passions des révolutions
et les souvenirs des restaurations. Il faut,
en d'autres termes, conserver les avantages du temps présent ; on l'enchaîne alors
dans ses excès , tandis qu'on tire parti de

toute la verdeur du passé, en évitant de tomber dans le néant qu'il traîne derrière lui. De toute nécessité , pour œuvres si diverses , il faut plus d'un homme. En effet, celui qui, flatteur ou enthousiaste d'une révolution, a commencé sa fortune avec elle , ne l'étouffe à certains momens que parce qu'il connaît son côté faible. Celui qui, au contraire , a combattu d'origine pour une restauration , la dirige à propos , quand l'heure de son triomphe a sonnée. Mais que de temps ne faut-il pas traverser pour arriver à ces deux résultats? Aussi quiconque se dévoue à combattre une révolution à son début, ne doit jamais s'attendre à vivre assez d'années pour être récompensé par la restauration qui suit.

6..

Il faut être plein de noblesse dans ses procédés, de grandeur d'ame dans ses sentimens, de probité dans ses rapports d'affaires, puis de raison dans ses paroles. Commande-t-on, on ne saurait conseiller ses inférieurs avec trop de tendresse, tandis que, pour les punir, on ne saurait trop souvent attendre jusqu'à la dernière extrémité. Enfin, est-on jeté au milieu des révolutions, il faut, bravant les périls, ne marcher qu'au signal du devoir : qu'importe si, égarée, l'estime publique vous repousse, faites toujours route. Enfin, pour mourir paisible et content, vivez portant de préférence la main au cœur.

DES LIVRES.

DES LIVRES.

Je ne voudrais pas trop louer les livres,
j'en fais : encore moins consentirais-je à
en dire du mal ; je serais ingrat, car j'aime
les livres, bien plus comme lecteur que
comme écrivain. De ces deux qualités, la
première ne m'apporte que des jouissances, la seconde que des peines. Lecteur,
je choisis ce qui me plaît ; écrivain, j'invente ce que je puis. Il est des jours où
je prononce en juge souverain ; il en est

où je m'humilie, coupable assis sur la sel-
lette. Mieux qu'un autre , je sais ce que les
livres donnent de plaisir à ceux qui les
lisent, et de tribulations à ceux qui les
composent. J'ai d'ailleurs résolu d'être sincère; je ne puis donc manquer d'être utile.

Jamais les livres n'ont été aussi puis-
sans qu'au xixe siècle *; d'un autre côté, à
nulle époque le pouvoir ne les a autant
redoutés. Qui a tort des livres ou du pouvoir? On en va juger. les livres révèlent
les besoins et les prétentions du moment;
quelquefois même ils vont au-delà. Le

* Les livres ne le cèdent en influence qu'aux journaux ,
surtout depuis quelques années; leur éclat dans ce moment
est plutôt obscurci que leur empire n'est détruit.

pouvoir, au contraire, croit perdre tout *
pour accorder un peu. Les gens qui écrivent sont trop en avant; les gens qui
gouvernent, trop en arrière : pour mieux
dire, ils ne se rencontrent que pour se
combattre. Fatale mésintelligence! A l'a-
venir, il n'y aura de force réelle que lorsque ceux qui commandent s'entendront
avec ceux qui écrivent ; je veux dire
qu'il faut que les lois et les livres sympathisent. Je me reprends, nous serons
perdus si, au plus vite, ils ne s'enlacent.

Il y a des livres que pouvoir doit méditer : ceux où les faits remplissent toute
la place.

* 1829 et 1830.

Les livres, même les plus légers, ont leur prix quand ils amusent; ils fraient la route aux livres qui enseignent.

On sent plus tôt qu'on ne pense; c'est donc par les romans qu'on entame toute bibliothèque. Ils touchent le cœur, enflamment l'imagination et éclairent l'esprit. Sait-on les choisir, les romans sont comme les femmes; ils nous donnent plus que de la science, ils nous infusent l'éducation du monde.

A part les découvertes scientifiques, les livres, pris dans leur généralité, répètent mais n'inventent pas.

Les seuls livres qui ont chance de res-

ter sont ceux qui jaillissent d'une imagination originale, encore faut-il que dans
ces livres la pensée l'emporte sur l'expression : l'une, comprise dans tous les siècles, se conserve toujours jeune, tandis que l'autre se fane, certaine époque
passée.

Je fais plus que personne large part
aux intérêts légitimes; il importe qu'ils
soient défendus et respectés; cependant
l'esprit humain en a jugé différemment.
Les livres qui caractérisent la pensée de
tous les âges font rougir de sa fortune le
riche; les orateurs chrétiens jettent le
trouble dans sa conscience, pour mieux
en bannir la cupidité. Il y a plus, les tri-
buns populaires ont tous prononcé ana-

thème contre ceux qui possèdent. Dans
cette ligue sont encore accourus les philosophes : de sorte que l'éloquence, la
foi*, la raison ont tour à tour inquiété
ou battu en brèche la propriété ; néanmoins celle-ci coupée à sa racine, il n'y
a plus de sociabilité.

Deux systèmes se disputent le commandement du monde, la logique des livres et la raison des affaires. La première
qui procède, abstraction faite des possi-
bilités, est raide et inflexible ; au lieu de

---

* Si du haut de la chaire des orateurs saintement empor-
tés par l'amour du bien ont quelquefois outre-passé certaine
mesure, l'église prise dans son universalité a constamment
défendu les droits de la propriété. Aux jours les plus désastreux du moyen âge, elle a conquis la trêve de Dieu.

céder aux faits, elle les brise ; l'autre, au contraire, se plie à toutes les modifications. Ces deux systèmes, cependant, ont leur utilité : ils forment équilibre. Maintenant on commence l'anarchie, du moment où la logique des livres inspire les décisions du pouvoir : c'est le raisonnement qui usurpe la place de la raison.

Les livres ont un genre particulier d'enseignement ; ils font plus que de disserter sur l'instabilité des choses humaines, ils en perpétuent la preuve. Rien d'abord ne paraît plus indestructible que la gloire littéraire ; mais trois mille langues suffisent à peine sur le globe aux communications des hommes. On se renferme dans l'Europe ; oui, vingt mille produc-

tions littéraires encombrent chaque année les bibliothèques ; elles croulent sous
le poids. Tout se perd dans cette confusion de la gloire, hors deux ou trois noms
qui restent par siècle en attendant que
notre mémoire fasse un choix parmi eux.
Ils n'occupent cette dernière place que
comme ces mausolées dont les ruines,
avec le temps, tombent les unes sur les
autres.

Quand on a beaucoup vécu dans le
monde, on finit par se réfugier dans les
livres. Ce n'est pas qu'ils ne fatiguent
quelquefois, mais enfin on fait son
choix, tandis que parmi les hommes on
ne se gare à volonté ni de ses amis,
ni de ses ennemis. Il arrive donc,

au bout de quelques années, qu'on a presque autant souffert des uns que des autres.

Il y a dans ce moment deux grandes divisions à établir dans les livres ; les uns dégouttent de sang, de meurtre et de crimes ; ils remuent comme la Grève en action ; les autres sont plats et stériles ; c'est la civilisation sans nerf.

Il y a le génie des livres et le savoir-faire du monde. Le génie des livres enrichit les libraires et donne de temps à autre du pain aux auteurs : le savoir-faire du monde change l'écrivain en homme d'état ; chassé de la bibliothèque, il monte au pouvoir.

A la renaissance des lettres, il fallait étudier beaucoup avant de risquer un livre; les nuits et les jours étaient trop courts pour les écrivains de ce temps : ils voulaient tout savoir avant de s'exposer au public. Aujourd'hui il y a un fonds commun d'idées et de connaissances qu'on apprend chaque jour : aussi nos livres ne ressemblent que trop souvent à ces conversations qui sont tout-à-la-fois monotones et frivoles. Elles entraînent le temps sans y laisser de marques.

L'originalité dans les compositions littéraires tient à la réflexion ou même quelquefois à un tact finement observateur. On peut encore écrire quelques pages sans avoir rien lu ; mais, pour composer des livres, il faut beaucoup savoir : c'est par des rapprochemens inattendus qu'on surprend et qu'on attache son lecteur. La science des livres n'exclut pas l'invention ; il est même à remarquer que les écrivains, dont l'imagination a été la qualité dominante, ont tous été savans, tant il est vrai que l'homme ne crée * jamais long-temps seul !

Les livres ne peuvent plus désormais être composés dans le calme et la solitude ; ils périraient de vieillesse le jour de leur apparition : on les refait, on les remanie, on les taille à la mode. Dans une société comme la nôtre, les intérêts, les

---

* Il ne s'agit ici que d'œuvres littéraires.

doctrines et les idées se pressent au passage : aussi on n'a souvent qu'une heure pour rencontrer juste le public.

Il y a des hommes sous la plume desquels tombent des morceaux admirables ; ils les écrivent sans en avoir le secret : on s'aperçoit bien vite que c'est le génie qui, en se trompant, a fait tache : le reste en paraît tout gâté.

Aux États-Unis, type du système républicain, les journaux ont empêché les livres d'éclore. En Angleterre, où l'élément aristocratique est si fort, les Revues, recueils qui ne se composent que de faits et de raisonnemens, étouffent déjà les livres de leurs nombreux rameaux.

DE LA GRACE.

DE LA GRACE.

La grâce : c'est nous dans tout ; regard, sourire, geste : elle se meut si nous marchons.

On n'imite pas la grâce, loin de la saisir dans ses charmes, on lui sacrifie en pure perte les avantages qu'on possède : tel avait quelque chose de rude, mais d'élevé, qui, l'échangeant contre l'afféterie et la mignardise, n'a en définitive que le ridicule d'une maladresse de plus.

On peut analyser les effets de la grâce; mais on ne peut jamais indiquer sa source. C'est une bonne fortune, dont ceux qui en jouissent, n'ont pas eux-mêmes le secret.

La grâce, celle qui n'est que naïve, ne réussit guère dans les cours; elle tient de trop près à l'abandon et à la franchise; et là, on ne trouve bien dans chaque mouvement, que ce qui est de convention : jusqu'à la ruse et l'artifice tout a sa pose commandée.

Chez les femmes, la colère, même dans

les physionomies les plus ravissantes,
étouffe sur-le-champ la grâce : elles le
savent bien. Les femmes se fâchent donc
avec leurs amans, et ne s'emportent qu'a-
vec leurs maris.

On peut observer certaines parties
de la grâce dans les villes ; mais on
ne comprend bien ce qu'elle a de naïf
et de virginal qu'après avoir vécu à la
campagne. Voilà ce qui fait le malheur
des écrivains de boudoirs et de salons : ces pauvres gens, qui n'étudient
la grâce que quand les bougies sont al-
lumées, prennent le rouge pour de la
fraîcheur et des yeux qui se baissent
toujours à propos, pour de la naïveté
qui se trouble.

Quelques femmes ont de la grâce non seulement dans le refus, mais elles la conservent encore au milieu du trouble des sens ; et c'est ainsi qu'elles font, d'un plaisir souvent répété, une nouveauté dont on ne se fatigue jamais.

La grâce des hommes dans les rapports de la vie privée, c'est une politesse attentive et facile, et des manières tout-à-lafois nobles et décidées. Dans les affaires publiques, la grâce des hommes est un air d'autorité que tempère la douceur, et une franchise ouverte, où ne se mêle jamais la rudesse.

Dans les rangs très élevés, les femmes remplacent la grâce par la hauteur : on se range pour les laisser passer. Quant à celles qui ont de la grâce, on court après.

Le génie tient lieu de grâce à quelques femmes, alors les hommes accourent et applaudissent. Mais il n'y a pas de lendemain pour ces mêmes femmes : elles ne savent pas entrer dans le cœur des hommes.

On trouve dans les ouvrages de quelques écrivains, une grâce qui ne les quitte jamais. Certes, pareille qualité, quand elle est seule, n'est pas du génie; néanmoins, elle le fait oublier. Dans la littérature comme dans le monde, la grâce usurpe souvent toute la mémoire.

On ne saurait disconvenir qu'il y a
dans la vie une foule de besoins maté-
riels qui tendent à nous ravaler; mais les
femmes les couvrent de tant de grâce, y
répandent une délicatesse si exquise,
que ces mêmes détails sont des habitudes
poétiques de plus. Jusqu'aux besoins sa-
tisfaits, la grâce des femmes attache l'i-
déal à tout.

A Paris, les femmes ont plus ou moins
de grâce : ainsi, tous les rangs sont rapprochés et confondus. De cette cause,
dérive une sorte de bienveillance universelle, charme particulier de notre
ville.

La grâce est dans la pensée, le plaisir

et le devoir; elle est même dans la religion, et c'est alors que la charité vaut
le mieux.

La parure des femmes leur est quel-
fois utile avec les hommes réunis; mais
il n'en est pas de même avec l'homme
seul; dans ce dernier cas, les femmes
ont tout l'usage de leur grâce, et elles
sont si puissantes, que c'est presque toujours en négligé qu'elles sont venues à
bout de ravir le commandement aux vainqueurs du monde.

A seize ans la grâce chez les femmes
est légère, craintive et ingénue; elle offre
tous les contrastes parce qu'elle réunit
toutes les séductions. Un peu plus tard,

la grâce chez les femmes devient pour ainsi dire grave et réservée . elle a des devoirs à défendre. Enfin aux jours de la vieillesse , la grâce chez les femmes déride jusqu'à l'âge.

———◆■———

DE

LA PAUVRETÉ.

DE LA PAUVRETÉ.

Ce n'est rien de la louer ou de la dénigrer, il faut la peindre; on en a fait un lieu commun de livres, elle devait être un sujet d'observation. Je dirai tout ce que j'en sais : elle m'est plus connaissance qu'amie.

A ne l'étudier que dans une seule époque, on juge mal la pauvreté; on n'en saisit qu'un caractère : elle en a mille.

Tout est contradictoire dans la pauvreté : les sensations qu'elle produit, et les jugemens qu'elle inspire ; on ne l'éprouve et on ne la raisonne jamais de la même manière; on s'en enorgueillit de longues années, pour en rougir tout à coup. L'extérieur la déguise ; il ne la désarme pas, et elle se rencontre quelquefois plus cruelle au milieu du luxe que sous des vêtemens déchirés; enfin elle n'est la mesure ni de bonnes ni de mauvaises mœurs : elle est seulement leur compagne à toutes deux.

BUREAUX DE CHARITÉ : enseignement politique; faut-il en accroître ou en diminuer le nombre? Il y a changement dans la constitution de l'État.

Dans l'antiquité, les philosophes se re-
commandaient par la pauvreté ; au sein
des démocraties, elle empreignait leurs
maximes d'une force irrésistible; elle les
faisait proclamer législateurs : alors la
pauvreté valait mieux que le pouvoir ; elle
le réformait, quelquefois elle l'inventait.
Au moyen âge, les ordres mendians ont
soutenu et retrempé la puissance ponti-
ficale, d'où est sorti l'Europe moderne.
Ainsi on trouve la pauvreté fécondant
deux civilisations diverses.

Il y a une grande différence entre la
détresse et la pauvreté : l'une inspire
l'horreur, l'autre l'intérêt : la détresse
salit au milieu de la civilisation ; la pauvreté ne met qu'au dernier rang dans la

cité ; elle vous classe, elle ne vous dé-
grade point ; elle éloigne des jouissances,
elle ne les dénie pas ; si elle accumule les
privations, c'est souvent pour mieux défendre les devoirs. La détresse n'a pas de
choix : elle est à qui l'achète ; avec elle
il n'y a plus de citoyen ; l'honneur lui-
même s'abdique. La détresse est le châti-
ment du désordre ; la pauvreté est la condition des masses.

J'accorde des exceptions, ne fût-ce que
les troubles politiques : du soir au matin,
jusqu'au simple nécessaire, ils vous enlèvent tout. Il n'y a pas de transition : du commandement suprême on est précipité dans
la dernière détresse ; et proscrit, on n'es-
quive la hache que pour mourir d'inani-
tion.

Dans les villages, on ne combat pas la pauvreté, on l'agrée; au milieu des camps, les plus riches s'amusent et se divertisent de la détresse comme d'un quiproquo passager de la fortune; en retour, la pauvreté déchire le cœur à Paris : elle fait plus, elle l'empoisonne de haine, elle l'arme de fureur. Parmi nous, la détresse mène aux délits privés; la pauvreté aux crimes politiques.

D'où viennent ces différences? C'est que dans les villages on n'a que des besoins à satisfaire; dans les camps, on court si vite après les grades et la gloire, qu'on ne songe guère à ce qui se passe en route; dans les capitales, les besoins s'étendent avec les positions : là on ne

8..

fait pas que de vivre, on est tenu de se laisser voir.

A Paris, être mêlé à une classe au-dessus du peuple, c'est travailler pour le nécessaire et s'épuiser pour le superflu. Le nécessaire substante la vie ; le superflu alimente la considération : c'est cette dernière qui vous porte et vous pousse. Devant soi, on peut pleurer de sa pauvreté ; l'absence du superflu fait rougir devant les autres. Dans notre civilisation moderne, la fortune a ses castes ; et quand on perd la sienne, on est d'autant plus malheureux qu'on ne trouve place nulle part. On a glissé d'en haut ; on ne peut sentir comme en bas.

Maintenant c'est le tour du petit peuple : il respire l'air de la capitale ; il en reçoit les sensations. Si elles l'atteignent moins vivement, il n'a nulle ressource pour s'en défendre ; c'est sous leur joug que sa vie s'écoule entière. Il faut qu'il remue les cœurs, et il est dépourvu de cette dignité personnelle qui arrive quelquefois à se faire jour à travers les apparences. Il aurait besoin de frapper à toutes les portes, il n'est pas même vêtu pour sortir ; l'œil le repousse avant la voix : la pauvreté l'a fondu dans l'ignominie.

Dans notre ville, la pauvreté n'est pas qu'un supplice ; c'est un instrument à supplices. Changeant sans cesse de ma-

nières et de procédés, elle atteint tous
les rangs, se proportionne à leur sensibilité, et ne les quitte que lorsqu'elle n'a
plus rien à leur faire souffrir.

On peut, à force de philosophie, ma-
ter la pauvreté; à force d'insouciance,
ne pas s'en inquiéter; à force de légèreté, ne pas la sentir. Mais la pauvreté
n'est jamais si désolante que pour les
hommes qui sont doués d'imagination.
Féconde, elle embrasse tout, et demeure arrêtée dans chaque détail; vive,
elle décide et ne peut exécuter; forte,
elle lutte, mais succombe dans une
impuissance perpétuelle. Atteints par la
pauvreté, les hommes dont je parle sont
comme déchus de l'existence; car vivre,

pour eux, c'est concevoir d'abord pour réaliser ensuite.

Fort mal à propos raille-t-on la médiocrité d'esprit qui règne dans les petites villes de province; elle est le résultat de la pauvreté générale. Par tradition de sagesse, on se garde d'éveiller l'intelligence, elle aurait des désirs sans nombre, et c'est à peine si l'on a assez pour satisfaire aux besoins du corps.

Dans les climats chauds la détresse même porte la tête haute. A travers ses guenilles, la beauté des formes perce; et, comme leur empire est sûr, elle n'a qu'à se montrer pour être remise à sa place.

La pauvreté voile les attraits des femmes, mais ne les cache pas. Mettant en relief ce qui peut encore être montré, elles déguisent et adoucissent ce qui doit blesser le regard, et donnent de la grâce jusqu'à la vétusté du vêtement; enfin elles rajeunissent tout par un arrangement nouveau : on présume leur pauvreté, on ne la sait pas.

On accorde à la pauvreté des hommes; on donne à celle des femmes.

Au sein des grandes villes, la pauvreté fait quelquefois chanceler la sagesse des jeunes filles; mais manquent-elles à un devoir, c'est pour s'attacher plus étroitement à tous les autres; elles aspirent

à prendre revanche dans l'estime publique.

La coquetterie au contraire perd les
femmes de toutes les classes : coquetterie de cœur, coquetterie de toilette, elles
en oublient souvent d'être mères ou
épouses : au lieu d'une faiblesse elles descendent dans tous les vices.

On est heureux dans le midi avec une
pauvreté que réchauffe le soleil ; au nord,
le malaise n'est que comme suspendu, il
poursuit dans les palais, les équipages,
et pénètre à travers la fourrure. Hors
quelques jours de l'année les souverains
eux-mêmes ne peuvent échapper à de
pénibles sensations ; les Lazaroni ont à

peine quelques heures à souffrir; leur climat fait plus que de vaincre la pauvreté, il lui donne des charmes que la puissance ne peut acheter ailleurs. Placés au haut de leur trône, les Czars commandent avec éclat; étendus sur la place publique, les Lazaroni vivent avec délices.

Les devoirs sont bons pour la pauvreté; s'ils ne la font pas disparaître, ils l'occupent. Comme un malade qui repose, oublie ses maux, les devoirs endorment la pauvreté : elle est heureuse jusqu'au réveil.

J'ai dépassé de quelques jours ma quarante-deuxième année, je n'ai jamais

éprouvé la détresse, et trois mois je me
suis épanoui dans l'aisance ; avec quel
charme ne se sont-ils pas écoulés ! je
pouvais satisfaire mes désirs, il me restait encore assez pour entrer dans les désirs des autres ; j'avais pour me donner,
j'avais mieux, pour donner à ceux qui
me demandaient. Je me couchais heureux, je me réveillais content ; ces légères fantaisies, ces petits caprices qui
forment l'abondance et comme le trop
plein du bonheur : tout cela était à moi.
Je n'avais qu'à me livrer à l'étude, à
passer de la lecture à la méditation : ma
vie était tout intellectuelle. Mon sort a
changé, mais d'une manière lente ; la
mauvaise fortune m'a rejoint, elle ne
m'a pas envahi, je l'ai vue arriver, j'ai

pu, non pas la vaincre, mais du moins la combattre. C'est un genre de lutte que la Providence a daigné m'accorder ; c'est une épreuve qu'elle me tenait en réserve ; elle aurait pu me la rendre cruelle : jusqu'ici elle ne me l'a faite qu'instructive ; j'en ai mieux sondé les hommes ; il m'a fallu les pénétrer au delà de ce qu'ils se connaissent eux-mêmes ; j'ai eu à leur inspirer les vertus dont j'avais besoin. Une portion de mon bonheur a payé les frais de cette science, je ne m'en plains pas : si je gémis quelquefois c'est pour ceux qui m'entourent. Ils ont à partager ma pauvreté ; c'est beaucoup ; mais ils ont encore à s'imposer des sacrifices pour en alléger le poids : de leur propre gré, ils paient une dette où je

ne donne que des à comptes; c'est par
là seulement que la pauvreté me vend ce
qu'elle m'enseigne.

DE L'ÉGALITÉ.

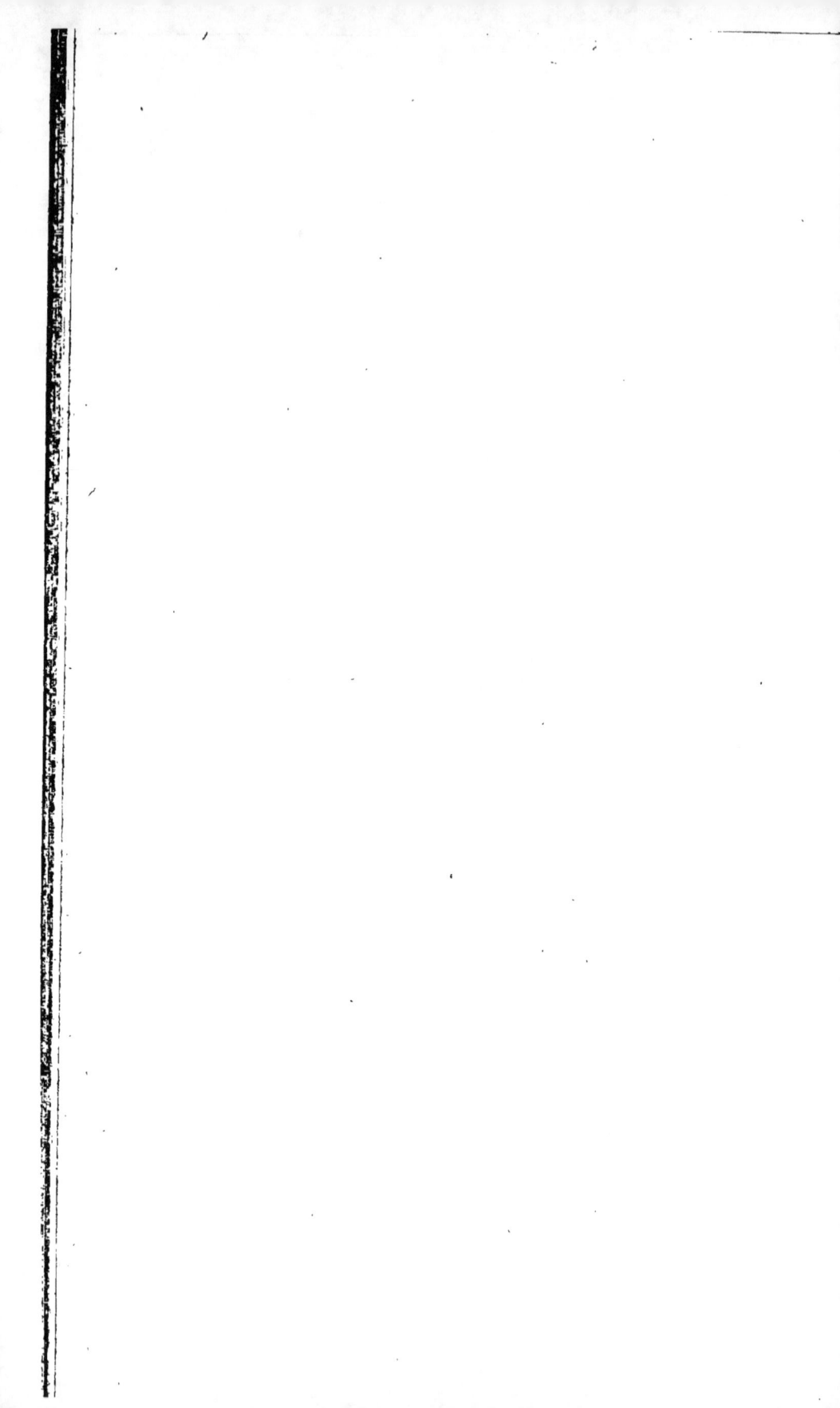

DE L'ÉGALITÉ.

L'ÉGALITÉ : mensonge fait par l'ambition à la crédulité des peuples. Ecrite au premier article du code des révolutionnaires, elle est démentie par tous leurs actes.

La révolution française a commencé par des meurtres mêlés au cri de *vive la liberté;* mais le crime avait encore sa modération; le sang ne coulait pas à flots.

La commune de Paris se révolte au cri de l'égalité. Le régicide s'accomplit, tous les genres de désastres pressent le sol de la France, et la convention règne. La liberté a bouleversé la monarchie : l'égalité l'a brisée.

Comme peuple en révolution, nous nous sommes long-temps conservés par les armes, j'en conviens ; mais c'est que là, l'inégalité était partout.

Examinez le gouvernement de Louis XIV ; comptez ses inégalités ; vous avez en partie le secret de sa force. Comparez-le ensuite au gouvernement de ses successeurs. Quelle faiblesse ! mais voyez comme on incline vers l'égalité.

L'égalité : les peuples civilisés ne la demandent que lorsqu'ils ont épuisé toute leur grandeur sociale : ils entrent alors dans la décrépitude.

Naissance, fortune, éducation, il est un point sur lequel tout est vaincu. Chacun de nous en venant au monde apporte son inégalité individuelle ; plus tard, elle traverse la pompe des grandeurs, la richesse des vêtemens et l'habileté des phrases. Délation puissante, parce qu'elle est toujours sincère ; elle classe et différencie jusque dans les sommités du premier rang.

Au sein des républiques, on exile quelquefois, d'un seul décret, tous les chefs qui

9..

commandent ; mais envain s'efforce-t-on de monter jusqu'à leurs places : elles restent vides ; l'égalité abaisse , mais ne soulève pas

A la suite d'une lutte mémorable *, les classes intermédiaires ont comblé la dernière des distances. Elles sont devenues commensales de la cour et se mêlent à ses plaisirs ; dans l'ivresse de leur joie, elles s'imaginent nager en pleine égalité avec les classes supérieures. Mais elles ne restent toujours qu'une cohue qui passe , et à jour fixe envahit un royal palais : nul dans tout cela n'a l'air de la maison.

* Journées de juillet.

Je cède au besoin d'en finir une fois pour toutes, avec ces coassemens d'égalité qui de jour en jour nous assourdissent d'avantage : laissant à part les généralités qui sont trop étendues pour ne pas tromper souvent, je ne chercherai à convaincre que par les détails : c'est grâce à leur exactitude que j'éclairerai la raison publique.

Dans cet état primitif, qu'on appelle état de nature, l'égalité est impossible parce qu'alors il n'y a de puissance regnante que la force physique; et là, tout est livré au hasard. On ne conçoit donc réellement l'égalité que sous l'empire de la civilisation ou les développemens de l'intelligence comme les ressources de la fortune peuvent rapprocher les citoyens d'un même état. D'accord sur ce point, je fais choix de mon pays, et c'est d'après la France que je vais raisonner.

Sur la vieille terre des Gaules, s'accumulent trente-deux millions d'habitans : dans ce nombre huit cent mille cultivent avec soin leur esprit : c'est la portion éclairée du pays ; indépendante de position, elle est pleine de savoir. Au dessous s'inquiètent et se tourmentent quatre millions d'hommes qui, plus ou moins savent lire ou écrire; mais engloutis dans les occupations mercantiles qui les enrichissent, ils tournent en métier les pauvres et misérables connaissances qu'ils possèdent. Ainsi, c'est à deux millions d'hommes qu'il faut réduire l'élite qui parmi nous comprend ce qu'elle lit : restent trente millions de Français qui, sous le rapport de l'esprit, sont encore séparés entre eux par des distances pour ainsi dire incommensurables. Maintenant les richesses ! J'aperçois çà et là quelques grands propriétaires qui concentrent dans leurs mains d'immenses revenus ; puis une foule d'industriels : pour accumuler plus sûrement capitaux sur capitaux , ils déshéritent l'ouvrier de l'énergie et des ressources de ses bras* ; à côté c'est le fermier, qui épuise la sueur du manœuvre, et achète dans chaque village jusqu'au dernier arpent du sol ; récapitulons : grands

---

* Les machines.

propriétaires, industriels et fermiers ne
s'élèvent en France qu'à un million d'hommes. Ainsi, l'inégalité est encore plus
tranchante dans la propriété, l'industrie
et l'agriculture que dans l'intelligence.
Ces résultats, je porte défi à mes adversaires de les accuser! ils sont venus à la
suite d'une révolution qu'ils cherchent à
recommencer, et qui, à travers tous les
crimes, a réussi un instant à constituer
l'égalité souveraine. Sa tyrannie a été
courte; la civilisation l'a étouffée. Cette
dernière qui ne progresse et ne se per-
fectionne qu'en disposant du concours
de toutes les forces sociales ; qui, par
leur diversité même, lui sont indispen-
sables : la civilisation, dis-je, devait
l'emporter ou mourir.

Mais elle a transigé au lieu de vaincre!
Voyons les concessions qu'elle a faites
depuis quarante-deux années? Dans l'irruption convulsive de sa première rage,
elle avait nivelé tous les rangs : en 1833,
je compte deux noblesses ; c'est-à-dire
une de plus qu'avant 1789. Qu'importe
ce nouveau joujou, s'il amuse un instant
l'enfance de notre vieille vanité ; ne som-
mes-nous pas tous soumis à la même juridiction? Oui ; mais qu'un soldat vous
mutile de ses armes ; c'est aux conseils
de guerre qu'il faut demander justice.
Vous avez commandé fourniture à un
marchand; il sait les formes et vous traîne
devant des juges qui sont ses confrères *.

---

* Tribunaux de commerce.

Total : deux juridictions exceptionnelles*;
mais arrivent MM. les pairs de France
qu'on ne peut poursuivre qu'au Luxem-
bourg : rarement on a tort en famille.
Enfin surviennent les députés nos mandataires; ils sont en général les cham-
pions de l'égalité; mais neuf mois dans
l'année, ils ne sont jugés que par leurs
pairs; il est vrai qu'en retour, ils peuvent à tout propos nous clouer à leur
barre.

Ce sont là des exceptions qui confir-
ment la règle. Bien; des sommités de la
politique, descendons aux intérêts vul-

---

* Il faut y joindre les tribunaux maritimes et les conseils
de prud'hommes

gaires de la vie privée. Vous êtes en proie au démon de l'éloquence : vous sauverez le patrimoine de l'orphelin et défendrez la misère de la veuve ; à vous permis, moyennant la quittance de votre diplôme ; vous prétendez avoir place au parquet des agens de change, payez d'abord huit cent mille francs ; vous ne demandez qu'à devenir avoué, mettez cent cinquante mille francs sur table ; vous succéderez aux Henri-Etienne ; c'est là une noble pensée ; mais pour être imprimeur, il faut le visa des bureaux ; sans brevet, vous irez droit en prison. J'ouvrirai boutique : prenez patente ; je m'ancrerai au coin des rues : sans médaille bien et dûment payée à la Préfecture de police, nul n'offre ses services

aux passans. J'ai le génie des calculs : je
frapperai droit à la porte des finances :
on vous rira au nez; il n'est plus possible d'être surnuméraire, à moins
d'être neveu ou cousin de député; enfin
l'égalité est si irrévocablement proscrite
parmi nous, que la loi qui nous appelle
tous à la défense du pays autorise le riche
à mettre en face des périls qui devaient
l'attendre, le pauvre dont il a acheté la
vie. Convaincue d'imposture et délogée
de poste en poste, l'égalité s'évanouit;
elle n'est au xixe siècle qu'un moule à
phrases pour les rhéteurs et un piége où
ils plument la bonhomie du vulgaire.

L'égalité : aux jours les plus purs des
révolutions ; certitude de malheur à ceux

qui ne l'acceptent que pour mieux l'assou-
plir à leur taille. Elle cède et se prête au
début; mais sa puissance qui croît à vue
d'œil, arme vite, et comme triomphe indispensable, égorge ses premiers bien-
faiteurs. Son règne commence : elle ne le
fortifie qu'en tout dégradant : c'est donc
sur le plus bas des vices, l'ingratitude,
qu'elle règle d'abord son niveau.

Les uns commandent les ; autres obéissent : telle est l'éternelle loi qui atteint
les hommes aussitôt qu'ils sont réunis
en société. Mais la cordialité intervient.
Sans confondre les rangs, elle les rapproche et fait d'un peuple entier, une
famille, ou quoique diverses, toutes les
places sont bonnes.

Je n'ai saisi bien distinctement trace
d'égalité, que dans les lieux publics de
certaines capitales ; ou les huttes de
quelques villages perdus au sein des
forêts. Les premiers réunissent tous les
vices, les autres concentrent toutes les
misères : ici, on sort de la civilisation;
là, on n'y entre pas encore.

Quelques ames d'une grande délicatesse peuvent souffrir du premier choc
des inégalités sociales. Mais ne se laissant pas abattre, elles comblent au plus
vite toutes les distances par la gloire, la
fortune ou même l'éducation. Au xıxᵉ
siècle, jusqu'à l'audace qui s'aventure,
tout conquiert à son tour.

Deux villes se présentent à mon esprit :
Constantinople et Genêve. L'une, centre de l'antique civilisation, obéit à un
maître tour-à-tour, inquiet et féroce :
il a des soupçons, les têtes tombent; il
envoie des ordres ; tous s'inclinent dans
une commune abjection : c'est là, que se
dilate bien à son aise, la véritable égalité.
A Genêve, république, on ne connaît que
des magistrats passagèrement élus ; mais
dans les murs de cette ville qui compte à
peine trente mille citoyens; les capitaux
sont immenses ; les lumières sont infinies : l'ordre, le bonheur et la dignité individuelle sont partout. Mais aussi l'inégalité est inexorable ; jusqu'aux membres
de la même famille; elle les classe suivant
les quartiers qu'ils habitent.

L'égalité soutenue par les lois arrive-t-elle à un triomphe provisoire ; c'est une douleur de plus qu'elle prépare à ses partisans. Ils se croient nantis ; leur titre est en règle ; mais jusque dans les hameaux, il disparaît bien vite effacé par la considération publique ; puissance d'autant plus redoutable qu'il lui est impossible à elle-même de se définir.

Une dernière observation. On peut glisser quelquefois l'égalité dans la famille, c'est-à-dire relever celle que l'on aime ; et, la détachant de son sort, la faire monter à la plus éclatante fortune. Voilà une de ces joies délicieuses auxquelles s'abandonnent les cœurs qui savent profondément s'attacher. Depuis trente années, les partisans de l'égalité l'entendent autrement parmi nous. Riches, ils attaquent les ducs, tant que, pour gendres, ils n'ont acheté que des comtes : pauvres, ils ont soif du commun partage; obscurs, ils s'arment de l'égalité pour abattre les grandeurs dont l'éclat les poursuit, et cependant ils esquivent toute alliance qui menace de ne pas s'élever jusqu'à leur niveau. Ardens à repousser l'égalité dans la famille, ils ne la veulent que dans les institutions politiques, parce que là elle concède tout au délire de leur amour-propre. Ce sont gens enfin que l'égalité gonfle.

DE

L'ART DRAMATIQUE.

10..

DE L'ART DRAMATIQUE.

———◆———

L'ART dramatique, de tous le plus com-
plet, dévoilant l'homme d'une part, ma-
nifestant la société de l'autre : dans son
ensemble, calque de chaque époque.

Les murailles d'une ville édifiées ; elles
renferment des habitans que caractérisent des croyances, des sentimens, des
passions et des ridicules ; aussitôt cer-

tains effets en jaillissent ; ils frappent vivement, l'imitation les reproduit ; l'art dramatique est né. Ainsi par son essence même il change avec les hommes, les gouvernemens et les lieux. Je ne le suivrai pas dans ses innombrables variétés ; faute de place je ne le considérerai que là ou il a principalement fleuri.

A Athènes, l'art dramatique est religieux, national et politique. Religieux*, parce que, dans cette démocratie les croyances marchent en tête de tout ; politique, parce que pour conserver ses droits comme citoyen, il fallait alors dé-

* A ce point que les représentations scéniques étaient de véritables solennités.

fendre l'état de sa personne. Faire res-
sortir par le relief d'une représentation
publique l'intrépidité des pères, c'était
enflammer continuellement celle des enfans. Enfin, l'art dramatique est satiri-
que, à Athènes, parce que, dans cette
cité, la liberté inspire de si profondes inquiétudes, que, pour n'avoir rien à craindre des hommes supérieurs qu'elle en-
fante, elle les expose à tous les regards
avec leurs défauts qu'elle exagère encore.
Peuple éminemment guerrier, et surtout
féroce, les romains imitèrent des Grecs
l'art dramatique plutôt que celui-ci ne les
reproduisit. Précipités de tous les excès
démocratiques dans la servitude préto-
rienne, que pouvaient-ils traduire sur la
scène? la terreur et la bassesse répandues

dans toutes les parties de leur immense
empire; mais ç'eût été en dénoncer l'horreur, et qui pouvait l'oser? Le cirque seul
convenait à Néron et à ses sujets : c'est
là que coulait le sang, c'est là qu'était la
foule. Le christianisme captive les intré-
pides peuplades de la Germanie : alors
l'art dramatique se développe chez elles;
il répète tout à la fois les croyances religieuses, l'amour et l'héroïsme; c'est-
à-dire qu'il révèle l'ensemble de leurs
qualités particulières. Mais dans les œuvres qu'il inspire nulle trace de goût.
Comment, dans de semblables sociétés,
eût-il pu exister? En France, la civilisation brille enfin d'un véritable éclat;
l'art dramatique s'élève digne d'elle, et
se montre sous Louis XIV aussi varié

dans ses chefs-d'œuvre que pur dans son goût. Il est vrai que jamais époque ne fut plus favorable aux développemens de l'art dramatique. D'abord les institutions sociales rendaient toutes les classes parfaitement distinctes ; ensuite les grands, exterminés dans leur pouvoir féodal, et vivant désormais attachés à la cour la plus magnifique comme la plus spirituelle, en recevaient toutes leurs habitudes ; ils sentaient donc la dignité tragique telle que l'a montrée la scène du xviie siècle. Les enfans de ces mêmes grands, jeunesse obligée de Versailles, pour produire plus d'effet, exagéraient le ton et les manières de ce séjour d'élite ; par là, cette jeunesse offrait des mœurs originales à la comédie : elle

a besoin d'oppositions ; les classes intermédiaires enrichies par le commerce, et
dévorées d'un malheureux esprit d'imitation, fournissaient en abondance ces
mêmes oppositions. Enfin, fallait-il tran-
cher plus vivement et réveiller par l'ex-
plosion d'une joie franche et communi-
cative, restaient les mœurs du peuple,
qui toujours changent les dernières. Ce
n'est pas tout, les écrivains du grand
siècle étaient non seulement très atten-
tifs à ce qui se passait autour d'eux,
mais encore vieillissaient-ils versés dans
la connaissance la plus profonde de l'antiquité, qui, relativement à l'expression
des sentimens, leur inspirait ce naturel
parfait que leur refusait la société déjà
trop policée, dans laquelle ils vivaient.

A quelques déviations près, l'art dramatique * se soutint en France jusqu'au
jour où la révolution éclata. Celle-ci,
constituant tout à la fois l'égalité et la
terreur, détruisit sur la scène et les effets
comiques et les effets tragiques ; les premiers parce que tout étant nivelé, il n'y
avait plus de contrastes ; les seconds parce
que quand l'échafaud tout puissant de
réalité fauche chaque jour des milliers
de têtes, les pleurs manquent à des catastrophes imaginaires ou vieillies dans le
passé. Je laisse de côté le directoire et le
conquérant qui lui succéda ; non pas que,
sous leur empire, certaines œuvres drama-
tiques aient été dépourvues de mérite,

* Surtout dans la tragédie.

mais elles ont copié deux époques qui, destinées à devenir transitoires , semblent
déjà entièrement évanouies. J'arrive à
la restauration : que fit-elle ? Retablis-
sant les grands principes de l'ordre, elle
donna une forme de gouvernement telle
à la France, que, tout entière, elle se
passionna pour les discussions que firent
retentir les deux nouveaux organes qui
lui étaient accordés *. Enfin la restauration concéda la liberté la plus étendue
à toutes les opinions : elles en profitèrent sur-le-champ pour enchaîner l'attention publique à leurs nombreux débats. Dans de pareilles circonstances,
que va devenir l'art dramatique? persis-

---

* Les deux chambres.

tera-t-il à représenter, sous les mêmes formes, ces luttes de l'amour et du devoir, jadis exclusivement réservées sur notre scène à des personnages d'un rang élevé ? Fera-t-il encore couler nos larmes au spectacle de ces terribles déchiremens qui font saigner jusqu'aux cœurs des rois. Mais aujourd'hui, c'est la multitude de toutes les classes qui remplit les théâtres. Comment espérer qu'elle pourra comprendre cette nature héroïque, domaine de l'ancienne tragédie, et d'ailleurs si admirablement peinte par nos grands maîtres ? Maintenant qu'exposera la comédie ? Le marquis d'autrefois, fat et courtisan ; mais pour rassembler les débris de son ancienne fortune, il n'est marquis aujourd'hui qui ne travaille

bourgeois de qualité. Les peuples hu-
ment l'encens à leur tour; seuls ils sont
assez riches pour engraisser des courti-
sans; aussi ne leur manquent-ils pas.
Parlerai-je des GRANDES COQUETTES; comment la masse des spectateurs, gens de
commerce et de peine, s'élèveraient-ils
jusqu'au discernement d'un caractère qui
exige un raffinement si profond et une
séduction si habile? Au sein même de
l'élite de la société, l'intérêt, la vanité
et le plaisir se disputent tour à tour les
femmes; nous ne leur appartenons plus
assez par le cœur pour qu'elles s'exercent
à le tromper avec art. Restent *les valets
de l'ancien répertoire :* mais que mènent-
ils aujourd'hui dans l'intérieur de nos
maisons? rien. Leur ancienne influence

dérivait du système féodal, où, d'origine, le domestique, d'une condition
égale à celle de son maître, entrait jeune
chez lui pour accomplir son éducation.
Maintenant qu'il y a plus de *liberté* dans
nos institutions, les individus *en service,*
à quelques exceptions près, seront tenus
à l'écart : sans la religion chrétienne, ils
redeviendraient esclaves. Oublierai-je le
père noble, le *tuteur, l'amant impétueux*
et la *jeune première innocente?* Mais désormais on échappe très jeune au pouvoir paternel : donc nul effet à tirer des
contrastes qui naguère existaient entre la
sagesse exigeante des pères et les passions
violentes des enfans. Il en est de même
du *tuteur* et de sa *pupille.* Aussi, sous
notre vieille monarchie, où la soumis-

sion, dans la famille, était grande, les
auteurs, pour la commodité de leurs
plans, représentaient-ils le *père* et le *tuteur* languissant dans une sorte d'enfance :
ils entendaient tout et ne voyaient rien.
Ce n'était là qu'un médiocre inconvé-
nient, puisque la réalité frappait les
regards dans le monde; mais aujour-
d'hui qui oserait appeler le rire aux dé-
pens d'un pouvoir qui n'est déjà que
trop affaibli ? Quant aux *jeunes premiers
impétueux*, leur fougue est passée sans retour : ils admirent et aiment encore les
femmes jeunes et belles; mais ils n'é-
pousent que des capitaux. Arrive enfin la
jeune première innocente. Quoique, sur
notre ancienne scène, on lui passât par-
fois certaines naïvetés tant soit peu vives,

ce caractère était vrai : aujourd'hui il est faux. La jeune personne vit de si bonne heure dans le monde, lit et écoute si bien, qu'à la place de l'innocence elle a la raison de la vertu. Ainsi, examinés en détail, les personnages de l'ancien répertoire n'ont pour les spectateurs actuels aucune vérité relative, étrangers qu'ils sont à la connaissance des deux derniers siècles. En retour, les gens instruits éprouvent à la lecture des grands maîtres de notre scène un plaisir inexprimable. Mais il n'en faut pas moins revenir à ce point : que c'est la plèbe de toutes les classes qui paie à la porte de nos théâtres : c'est elle qui, en définitive, est devenue souveraine. On réplique : l'ancienne comédie ne montre-t-elle pas

des caractères appartenant à l'essence
même du cœur, et qui par conséquent
seront éternels? Sans doute; mais ces
caractères n'ont pu être personnifiés qu'a-
vec les habitudes sociales de leur époque; il faut donc que les acteurs s'iden-
tifient avec ces mêmes habitudes. Où les
rencontrer? dans la société de nos jours?
oui; si la royauté avait, seule, modifié
la France; les habitudes, en dépit de
notre inconstance, se seraient plus ou
moins transmises de père en fils, l'ancienne forme monarchique de notre gouvernement rendant ce résultat inévitable.
Mais la révolution, gouffre immense, a
dévoré lois, mœurs, institutions et caractères; nous habitons le même sol,
nous ne sommes plus le même peuple.

Ces comédiens si parfaits, et qu'on ne reverra plus, avaient étudié leurs modèles dans les diverses classes : ces modèles, demandez-les à la révolution, ou plutôt que ses bourreaux vous en rendent compte. Il faut que les acteurs, dans l'impossibilité d'étudier autour d'eux la nature vivante, s'appuient sur la routine de quelques misérables traditions et jouent de mémoire : puis exigez vérité, verve et chaleur ! Enfin, comment pourraient-ils rappeler le ton, le caractère, les mœurs et les simples attitudes d'une société dont ils ne savent plus même porter l'habit ? Je l'écris à regret : le vieux répertoire est mort pour la scène ; et s'agiter afin de le rendre à son ancien éclat, c'est composer des remèdes à un enter-

rement. Emporté par mon amour pour
l'art dramatique, j'ai réclamé ailleurs
une mesure acerbe *, j'en conviens; mais
on ne réforme pas sans qu'il en coûte,
nous le savons depuis quarante-deux ans.
Au reste, fort différent des législateurs en
tous genres, qui, de nos jours, se font
payer à l'avance, ou se paient eux-mêmes, je vais encore cette fois proposer
gratis mes idées. Je le sais, on ne les
adoptera pas, du moins *actuellement*, et
j'en serai de nouveau pour mes frais d'invention; mais dans ce genre ne faut-il
pas savoir beaucoup perdre avec les con-
temporains pour gagner un peu avec la
postérité? En attendant, je pense que si

* Chapitre des Comédiens, etc.

l'art dramatique veut encore régner sur
notre scène, il faut, en respectant le bon
goût, qu'il déroge un peu à sa dignité.
Il sera, dans son pathétique, plus fé-
cond en effets, parce qu'il les saisira partout où ils existent; en outre, il tentera
de défendre, au profit de l'ordre, ces
idées généreuses dont tant de gens ven-
dent l'exagération; de plus, il essaiera
de rendre chers ces nobles sentimens,
sans lesquels la liberté est impossible,
puisqu'il n'y a point de cœur pour la
sentir : puis il nous arrachera à notre
gravité habituelle par une gaîté entraî-
nante, dût-elle être un peu vulgaire.
Enfin, comme il y a confusion de rangs
pour peindre d'une manière plus exacte
la société, il faudra bien quelquefois, en

respectant d'ailleurs les véritables convenances, confondre les genres. Ces idées,
je ne les donne pas comme devant amé-
liorer l'art dramatique : nous n'en sommes plus là. Il s'agit seulement, pour
qu'il ne périsse pas, de le continuer; il
s'agit enfin de le mettre en rapport avec
les hommes et les institutions que possède maintenant la France*. Je le répète,
chez nous les chefs-d'œuvre de l'art dramatique ont été inspirés par une cour,
la plus noble de toutes, et par des hautes
classes, les plus parfaites qu'ait jamais
enfantées la civilisation. Le peuple, par
suite de modificatious politiques, le peuple est désormais partout : c'est donc lui

* 1825.

qu'il faut montrer. Ce que l'art perdra
en *noblesse*, il le retrouvera en *vérité*. La
nature qu'il reproduira sera moins belle;
mais on peut choisir même dans le peuple. Quand arrivera l'homme de génie
qui rattachera le théâtre ancien au théâtre du xixe siècle? Je l'ignore; mais cet
homme arrivera. Veut-on connaître le
chemin que déjà nous avons parcouru?
Eh bien ! l'illustre acteur qui a su
faire descendre la noblesse tragique
de 1789 jusqu'aux spectateurs actuels,
cet illustre acteur mourra sans que nul
lui succède. Commençant la roture de
la déclamation, il l'a conçue trop élevée
pour nous.

En attendant la foule se passionne

pour la musique, qui, par le vague de ses inspirations, fait penser à tout sans attacher à rien. La foule court encore aux petits théâtres, parce qu'ils dessinent ou montrent la charge des vices, des passions, des sentimens et des habitudes dont les grands théâtres ne peuvent pas lui représenter l'image.

Parmi nous on ne touche à rien avec précaution; où il ne faut que modifier quelques règles, on les renverse; où il ne s'agit que d'étendre certaines limites, on les franchit toutes. En matière de goût comme de législation, la fougue étouffe la réflexion. Aussi, depuis plusieurs années, l'art dramatique, dont le génie seul avait droit de tenter la réforme, est tombé au

pouvoir de la foule. Pour mieux le ra-
jeûnir, c'est dans toutes les ignominies
d'une enfance barbare qu'elle le repousse
et l'enfonce. Peut-être les dernières gé-
nérations qui nous ont précédés, s'é-
taient-elles montrées trop méticuleuses
sur le choix des sujets : pour persiffler
avec finesse cette susceptibilité ombra-
geuse, nous plaçons désormais la scène
dans l'alcove des mauvais lieux. Les auteurs des deux derniers siècles peignaient
les angoisses du cœur ; nous mettons en
relief les convulsions du désir ; jadis
on faisait pleurer même en trahissant
ses devoirs, aujourd'hui on épouvante
par l'effronterie de ses jouissances. A la
fille qui cède, il ne faut, pour qu'elle
change d'état, que l'intervalle réclamé

par le rideau qui tombe ; d'un acte à l'autre sa dégradation physique est accomplie. Et comme le temps actuel n'aurait pu nourrir de ses saletés journalières la verve contemporaine ; on s'est fait savant à la hâte ; on a été emprunter des immondices aux âges passés , et c'est tout pétri de la fange de leurs égoûts , qu'on a imposé de vive force des succès au public. Mais les mères de famille qui , entourées de leurs filles , sont quelquefois conduites dans nos salles de théâtre , ont décidé du sort des réformes nouvelles ; elles leur font horreur, et une réaction violente se prépare ; encore quelque temps , nous tomberons des abjects saturnales d'une impudique licence aux rigoristes commandemens d'une règle étroite : Nous

passerons sans nulle transition de l'effronterie au pédantisme : ce n'est pas la
première réforme que nous aurons man-
quée. Il semble en France qu'il ne reste
un peu de mesure qu'aux habitués des
vieux salons ; la foule, même celle qui
compose, ne vit que rejetée d'une extrême à l'autre. Nous n'avons pas dé-
rogé que dans nos habitudes ; la tache
s'est étendue plus loin ; et nous sommes
tous devenus petit peuple jusque par la
pente de notre esprit.

DES FEMMES.

DES FEMMES.

C'EST une opinion assez généralement répandue dans le monde, que ceux-là seuls connaissent bien les femmes qui ont remporté de nombreux triomphes sur elles. Je suis loin de penser ainsi : une véritable passion entourée d'obstacles, repoussée par la prévention, mais enfin accueillie et partagée, enseigne bien davantage qu'un rapide succès. L'observateur attentif peut souvent même

faire d'heureuses découvertes ; car ce que
l'on sait le mieux des femmes, c'est ce
qui leur échappe.

Quant à moi, il m'a toujours semblé
qu'il y avait dans leur cœur deux principes sans cesse en opposition : le besoin
de s'attacher à un seul, et celui de plaire
à tous. Suivant les circonstances où elles
sont placées, les femmes éprouvent plus
ou moins l'influence directe de ces deux
principes, mais de façon cependant que
l'un ne détruit jamais l'autre ; de sorte
que, tendres pour un seul, elles ne peuvent s'empêcher de chercher à plaire à
tous. Aussi, au milieu d'une assemblée
brillante, la femme la plus passionnée
n'est jamais aimable pour celui qu'elle

aime, parce que son cœur ne lui appartient plus en entier ; tout ce qui l'admire y a droit.

Dans le commerce des deux sexes, l'adresse ne chemine jamais loin : le cœur en sait plus qu'elle. C'est ce qui explique pourquoi des femmes d'un esprit ordinaire ont pu inspirer de grandes passions.

Il y a des femmes qui sont puissantes par le seul son de la voix. Elles touchent, elles remuent le cœur ; et on les aime avant d'avoir même songé à les regarder.

Ce qui soutient l'amour dans le cœur des femmes, est ce qui, au premier coup d'œil, paraît devoir le détruire. Com-

bats, scrupules, remords : alimens nouveaux, parce que nous ne pouvons leur
être chers qu'en leur coûtant beaucoup.

Dans ce qui concerne les femmes, les
législateurs ont peut-être commis une
grande erreur : au lieu de leur constituer
des droits, ils ne leur ont imposé que
des devoirs. La puissance naturelle des
femmes est toujours cependant restée la
même, avec cette différence, que d'auxiliaires elles sont devenues ennemies obli-
gées. Leur force s'est encore accrue des
passions des hommes, qu'elles ont fait
tourner à leur profit. Ainsi établies dans
le monde, elles ont donné la loi; et c'est
au défaut de la justice que le pouvoir
leur est venu.

Les femmes connaissent si bien leur position sociale, que chez elles on cultive toujours avec soin les qualités qui leur doivent assurer l'empire. Dès l'enfance, on leur imprime la douceur, la délicatesse; on leur enseigne la finesse et la dissimulation; et tout cela mène droit au pouvoir.

Considérées en masse, les femmes conduisent le monde. Cependant, il faut le dire, nous échappons souvent à leur pouvoir individuel, non par nos qualités, mais bien par leurs défauts. Ainsi leur coquetterie nous guérit de notre amour.

Ce qui manque encore aux femmes, si

j'ose m'exprimer ainsi, c'est l'esprit de
corps. Unies sur certains points, elles
sont trop divisées sur d'autres; et dans
leurs différends, elles nous révèlent mille
secrets qui nous apprennent à moins les
aimer.

Les femmes attirent par le plaisir, mais
ne retiennent que par le refus; de sorte
que souvent elles ne peuvent bien jouir
de nous qu'en se privant d'être heureuses.

La galanterie, à Paris, est comme les
jeux de hasard; on y gagne à proportion
des fonds qu'on y risque.

Les femmes entendent à flatter les petites passions et les petits intérêts : elles les connaissent bien, parce qu'elles y sont toujours cantonnées.

Ce n'est point par les sens que viennent à faillir les femmes : elles en ont presque toutes le commandement. Il n'en est pas ainsi des hommes, même les plus délicats ; c'est toujours par là qu'ils sont faibles. Aussi, dans le commencement de la passion, tous les avantages sont du côté de la femme ; mais a-t-elle affaire à qui sait la toucher, les choses changent bientôt de face. Elle sent si vivement les maux qu'éprouve celui qu'elle aime, son imagination lui prête tant de nouveaux charmes, que, parvenue à ce point, une femme veut déjà trop fortement le bonheur de son amant pour lui refuser le reste.

Je pense donc que ce n'est pas par les sens qu'il faut attaquer les femmes : le cœur, l'imagination ou la vanité, c'est toujours par là qu'on les prend.

Il y a des femmes qui s'attachent par le seul effet de l'imagination. Leurs sottises et leurs fautes sont alors comme l'infini, sans bornes; et si la durée s'y trouvait, on serait presque tenté de les admirer.

L'amour produit dans les deux sexes des effets bien opposés. Chez les hommes, l'agitation; chez les femmes, la ta-

citurnité. Cette différence provient de ce
que l'homme, tout occupé de réussir, ne
peut plus s'arrêter. Il faut qu'il aille,
parle, vienne et se confie. La femme, au
contraire, ne sort pas de sa passion ; et il
lui coûte d'en parler, parce qu'alors il
faut qu'elle s'en écarte.

Dans un homme privé d'éducation, la
grossièreté se fera sentir surtout dans l'a-
mour ; mais, à l'honneur des femmes, il
faut le dire, l'amour épure, élève et
agrandit leurs manières. Sur ce point, il
n'y a entre elles ni rang ni condition.

Les femmes jugent de la littérature
comme des modes : tout ce qui les flatte
leur semble beau.

Dans la société, les femmes s'aiment quelquefois; mais ce n'est toujours qu'en attendant les hommes.

Il y a deux choses qui paraissent difficiles à concilier, et que cependant les femmes accordent très bien : la fausseté et la sensibilité; chez elles, l'une aide à l'autre. La fausseté couvre les écarts de la sensibilité, qui, à son tour, lui prête des armes, c'est-à-dire le désespoir, les larmes, les sermens, enfin tout ce qui affirme. A la vérité, il arrive souvent que lorsque les femmes cherchent à se justifier d'un reproche légitime, elles sont si profondément émues de la douleur qu'elles-mêmes ont causée, que leur cœur, dans cet instant, donne un démenti à

leur mémoire. C'est pourquoi elles persuadent si bien contre la vraisemblance.
En général, à celui qui aime, les expli-
cations coûtent toujours un degré de plus
d'asservissement.

Ce qui fait que nous nous apercevons
si difficilement de la fausseté des femmes, c'est qu'elles la divisent à l'infini.
Mêlée ainsi à toute leur existence, elle
trouve moyen de se naturaliser sans qu'on
puisse précisément la reconnaître nulle
part.

Il y a une certaine fausseté que les
femmes peuvent avouer, même avec grâce:
celle qui les affermit dans le devoir. Il
est sûr que si nous pouvions voir tous

les mouvemens de leur cœur, nous y trou-
verions une si grande disposition à nous
rendre heureux, qu'elles n'auraient plus
ensuite de force pour nous refuser. Il
faut donc pardonner leurs petits détours,
leurs légers caprices : après tout, elles
ne les emploient souvent que pour fatiguer leur propre sensibilité; et, quand
elles aiment véritablement, il en résulte
qu'elles s'épuisent plus vite et tombent
plus promptement.

Appartient-il à l'amour de rendre les
femmes entièrement vraies ? je ne le
pense pas. Elles savent toutes qu'il est un
degré dans le bonheur dont se fatigue
bientôt l'inconstance des hommes. Dans
leur propre intérêt, elles se privent donc

de l'avantage d'être entièrement aimables. A grande peine elles tiennent toujours en réserve quelque grâce nouvelle; et souvent elles ne trahissent toutes leurs perfections que lorsque , revenues de nous, elles veulent nous punir par d'éternels regrets.

Dans leur jeunesse, les femmes aiment la parure pour attirer les conquêtes; plus tard, pour les conserver; et dans leur vieillesse, elles aiment encore la parure, parce qu'elle les rapproche de certains souvenirs.

Les hommes cherchent le plaisir pour satisfaire leurs sens; les femmes l'aiment à titre de suprématie qu'elles exercent sur nos désirs; aussi les plus ságes s'offensent de sa perte, comme d'un déni total de leur puissance, et d'une dégradation complète de leur personne.

La douceur des femmes, la compassion qu'elles témoignent pour tout ce qui souffre, devraient, à ce qu'il semble, les rendre étrangères à la vengeance; mais cette douceur et cette compassion n'appartiennent qu'à la sensibilité dans son état naturel. Si, au contraire, cette même sensibilité est profondément blessée, elle réagit sur toutes les facultés, et s'empare, à son profit, de tout ce qu'il y a de puissance dans les femmes.

Le temps fait peu sur la vengeance des femmes, parce que chez elles la mémoire, n'étant attachée qu'au service du cœur, ne perd aucun souvenir.

Les caprices des femmes ne sont pas toujours dus à la mobilité de leur imagination ; elles s'en servent aussi souvent pour mesurer au juste toute l'étendue de leur pouvoir.

Il y a des femmes qui, voyant leur pouvoir faiblir, méditent une faute, la commettent au grand jour, puis couvrent de tant d'intérêt leur repentir, qu'on se rattache à elles par le pardon qu'on leur donne.

Les hommes ne sont pas entendus à faire valoir un pardon. C'est, au con-

traire, le grand art des femmes. Par là,
elles recouvrent tout d'un coup le terrain
qu'elles ont perdu en détail. Cependant,
je dois le dire, une femme est bien près
de sa chute quand elle a pardonné souvent.

Dans le commerce de l'amour, les
hommes ont l'habitude des grands discours, les femmes, des demi-mots. Cela
tient à ce que les hommes veulent persua-
der ; les femmes, au contraire, refuser.

Il ne faut pas être surpris si les femmes
renoncent avec tant de peine à être aimées, et si l'âge ne peut triompher d'elles
sur ce point. Et d'abord les qualités qui
leur sont particulières sont tellement

propres à l'amour, qu'elles manquent à
leurs destinées si elles reçoivent un autre
emploi. Les plaisirs les plus vifs des femmes tiennent aussi au développement
qu'acquièrent ces mêmes qualités ; et
ces développemens, l'amour peut seul
les donner. Mais ces plaisirs dont je parle,
tout en les partageant avec nous, les femmes les font tourner au profit de leur
pouvoir : je demande maintenant s'il ne
faut pas leur pardonner de se tromper
sur le temps où elles deviennent im-
puissantes à se faire aimer; et si, cette
époque arrivée, elle ne doivent pas se
détacher avec peine d'un sentiment qui
leur a révélé tant de bonheur dans la vie.

A un âge déjà avancé, on voit quel-

quefois des femmes s'éprendre pour des
hommes d'un attachement qu'il est difficile
de caractériser : c'est quelque chose de vif,
d'ardent, auquel l'amitié ne peut atteindre : ce n'est pas non plus de l'amour.
Qu'est-ce donc? Un dernier élan du cœur
qui, avant de ne plus sentir, veut encore
une fois se ranimer pour le bonheur.

Ce n'est jamais quand les femmes nous
aiment vivement qu'elles nous font com-
mettrè de grandes fautes. Leurs destinées sont alors si près des nôtres, qu'elles
se glorifient de les ménager ; mais lorsque
le charme de l'amour commence à se dis-
siper, les petites passions, long-temps
contenues, se mettent en mouvement et
entraînent alors les femmes dans des

démarches où la participation nous est
toujours. funeste.

Certaines femmes n'en louent jamais
une autre que sur ce qu'elle a de moins
parfait : c'est une manière adroite d'y
appeler les regards des hommes.

Presque toutes les femmes de la classe
ordinaire se plaisent à être recherchées
par des hommes d'un rang distingué,
parce que, trouvant en eux une plus
grande délicatesse que dans les hommes
de leur condition, elles se persuadent
que, leurs qualités mieux senties, elles
seront plus aimées.

Il faut beaucoup de choses pour s'apercevoir de l'infidélité des femmes. Comme elles disposent à volonté de leurs discours et de leurs regards, jusqu'au dernier instant elles leur font donner un démenti à la vérité; et puis, lorsque le commerce de l'amour est parvenu à un degré avancé, les hommes se rassurent par de certaines caresses. Les femmes, au contraire, apprennent l'inconstance des hommes alors qu'ils ne font encore que la méditer. Elles la devinent dans une foule de détails, et saisissent sur le fait chaque mouvement du cœur infidèle. Aussi, sur ce point, il n'y a qu'un violent amour qui puisse les tromper.

La puissance que les femmes exercent parmi nous dans la société tient à une

cause presque toute locale. Les hommes,
en France, ne regardent la conversation
que comme un moyen de briller ou de
plaire. C'est une lutte, sans doute aimable, mais où ils déploient enfin tous
leurs efforts. Il appartient aux femmes de
décider de la supériorité de ce genre : par
là, elles tiennent toutes les vanités sous
leur domination. Celles-ci, à leur tour,
pour ennoblir le prix de la victoire, re-
haussent le plus qu'elles peuvent celles
qui doivent la décerner.

Dans les pays étrangers que j'ai par-
courus *, le rôle des femmes est bien différent. Elles semblent ne faire partie de

* La plus grande partie du nord de l'Europe.

13..

la société que pour veiller exclusivement
à ce que tout soit disposé pour la commodité des convives. Les hommes, que
rien n'excite, parlent seulement pour
s'éclairer et s'instruire. Leurs discours
graves et forts sont au dessus de la portée des femmes qui, au milieu d'un cercle, se trouvent condamnées à l'isolement,
et n'excercent ainsi aucune influence. Les
femmes étrangères sont tellement con-
vaincues de la supériorité des hommes,
qu'elles ont une espèce de honte de di-
vulguer leurs facultés : elles ne veulent
valoir que par leur faiblesse; et dans ce
genre elles intéressent si bien, que les
hommes prennent à cœur leurs destinées,
et s'en chargent presque comme d'une
bonne action à faire.

En France, au contraire, où les femmes sont constituées juges de la société,
tout les excite à développer leurs facultés; et, à part même leur vanité, il faut
bien qu'elles soient avides de succès,
puisque les hommes leur en demandent
sans cesse, et qu'à ce prix ils inventent
pour elles de nouveaux hommages. Mais
au milieu de cette sorte d'idolâtrie, le
cœur se défend de tout sacrifice, et pru-
demment il ne se hasarde jamais plus
loin que l'admiration. L'existence des
femmes parmi nous est donc vive et brillante, mais aussi elle décline rapidement;
et si les Françaises comptent des jours
de triomphe, les étrangères leur oppo-
sent de longues années de bonheur et de
considération.

On disserte sans cesse sur les contradictions que présente le cœur des femmes, et on termine toujours en affirmant
qu'elles sont inexplicables. Il y a bien là
quelque chose de vrai; cependant je crois
qu'il est possible d'indiquer la cause de
plusieurs de ces contradictions, et de
parvenir de cette manière à les justifier
en partie. Les femmes, qui ont beaucoup
à souffrir, apportent en naissant la douceur et la compassion. Comme tout ce
qui est faible, elles sont aussi douées du
désir de plaire, parce qu'au défaut de la
force, c'est un moyen infaillible de succès.
L'éducation qu'on donne aux femmes
développe les qualités dont je viens de
parler, et leur en inculpe de nouvelles
qui tendent à les faire habiles à subjuguer

les hommes. Il n'en saurait être autrement; la société, telle qu'elle existe, les
rendant incapables d'assurer leur avenir,
il faut qu'elles l'attendent des hommes.
Ainsi les femmes courent toutes au même
but. Dans l'empressement qu'elles ont de
l'atteindre, elles se choquent et se heur-
tent sans cesse; et ce but, comme il faut
le toucher à perte de bonheur, elles sont
condamnées à se servir des moyens qui
y mènent le plus vite. Mais toutes ne peuvent réussir : le triomphe des unes est la
défaite des autres. De cette lutte perpétuelle sortent la haine, la fausseté, l'em-
portement; enfin, une multitude de défauts qui tranchent avec les qualités naturelles des femmes, et les exposent à
des contradictions toujours renaissantes.

Le désir de plaire, qui leur est si nécessaire, se tourne aussi souvent contre
elles, et les jette dans des contradictions
dont elles s'étonnent les premières. Peu
d'hommes recherchent les femmes par un
instinct de bonheur; le grand nombre
exige bien moins. Dans cette vue, il ai-
guillonne chez elles le désir de plaire; et
bientôt un combat se trouve établi entre
leur esprit et leur cœur. La vanité et
l'amour sont aux prises : faibles qu'elles
sont, les femmes versent tantôt d'un
côté, tantôt de l'autre; et la société, toujours si attentive à leur égard, profite de
ces variations pour les juger sans appel.

On va au cœur des femmes par toutes
sortes de chemins : trouver celui qui y

mène juste, voilà le difficile. Les uns le cherchent; d'autres, plus hardis, le fraient.

Il est certains hommes que les femmes aiment éperdûment, qu'elles détestent ensuite avec fureur, mais qu'elles ne peuvent jamais oublier : ceux pour qui elles ont fait de grandes fautes.

Examinons maintenant les femmes sous un nouveau point de vue : les changemens que la révolution leur a fait éprouver.

Dans notre ancienne société, les femmes étaient non seulement mêlées à nos plaisirs, à nos opinions, mais elles étaient

encore chargées de nous assurer la possession des honneurs. Je parle ici des
hautes classes. Avant que la révolution
éclatât, les femmes en avaient adopté les
idées généreuses, parce qu'elles promet-
taient un nouveau genre de gloire à ceux
qu'elles aimaient. Mais, éclairées par la
marche des événemens, un changement
total se fit remarquer dans le caractère
des femmes. Elles sentirent que le courage des hommes devait se trouver au
dessous des malheurs inouis qui les frap-
paient. Elles s'inspirèrent donc de la
force, afin de pouvoir leur en communiquer ; et au milieu des écueils où elles
avaient à marcher, elles se dépouillèrent
de la légèreté comme d'un guide qui devait les égarer : elles devinrent enfin for-

tes et graves pour les affaires, en même
temps qu'elles conservèrent les qualités
inhérentes à leur cœur, la sensibilité, la
douceur, la patience. Tels furent les effets moraux de la révolution relativement
aux femmes des hautes classes.

Quant à leur pouvoir dans la société,
elles le perdirent, parce que l'infortune
les renferma dans leurs familles, où elles
cultivèrent des vertus qui toujours se
condamnent à l'obscurité. Mais leur pouvoir en lui-même ne fut pas anéanti. Il
passa tout naturellement aux femmes des
classes intermédiaires, chez lesquelles il
détruisit des vertus héréditaires. Un luxe
effréné, une dissipation sans bornes,
devinrent des habitudes bourgeoises, qui,

à leur suite , introduisirent l'infidélité
conjugale, le mépris des convenances et
l'oubli des saints devoirs. Enfin les femmes des classes intermédiaires , une fois
favorisées par la fortune, s'écartèrent des
beaux exemples qu'elles-mêmes avaient
donnés aux époques les plus désastreuses
de la révolution ; et ce qui est étonnant,
c'est l'influence qu'elles excercèrent sur
toute la société, influence que j'explique
ainsi : En changeant de position, elles
ne purent changer de parenté; elles com-
muniquèrent donc à tout ce qui leur appartenait les nouveaux vices qu'elles
avaient contractés, et ceux-ci se répan-
dirent partout.

Plus tard, le gouvernement monarchi-

que reparut parmi nous : comme il vit
de considération et de souvenirs, son
nouveau fondateur s'efforça sagement de
remettre en honneur les anciennes familles victimes de la rage révolutionnaire.
Autant qu'il le put, il leur rendit leur
iufluence passée.

Une fois rappelées dans la société, les
femmes que le malheur en avait exclues
désirèrent leur ancien pouvoir. Après bien
des efforts, elles parvinrent à l'obtenir,
non tout entier, mais enfin dans ce qu'il
avait de plus flatteur pour elles, la direction morale de la société. Cependant,
étranger aux femmes par le cœur, l'homme
qui commandait alors leur refusa la plus
légère influence dans le maniement des

affaires. Ce même homme, fasciné par
l'amour des conquêtes, blessa aussi les
femmes dans leurs affections les plus chè-
res. Dès-lors celles-ci se déclarent ses
ennemies jurées et armèrent contre lui
l'indignation du monde entier. Fidèles
aux nobles sentimens qu'elles avaient fait
naître, elles se montrèrent ardentes à
soutenir le pouvoir légitime lorsqu'il re-
vint parmi nous, et nationalisèrent sa
cause en lui ramenant tous les cœurs où
les souvenirs manquaient. Aussi à cette
époque la puissance des femmes fut-elle
momentanément plus considérable qu'elle
ne l'avait jamais été.

Désormais la forme du gouvernement
que le pouvoir légitime nous a donnée

est-elle de nature à assurer de l'influence aux femmes dans les affaires. Je ne le pense pas.

Le gouvernement représentatif appelle à son secours tous les talens; mais c'est à la condition que de longs travaux les auront formés. Dans les hautes classes il doit donc y avoir moins de rapports entre les deux sexes. D'un autre côté, les hommes lancés dans les affaires publiques leur consacreront un temps qu'ils employaient jadis à devenir habiles dans l'art de plaire. Il faut encore remarquer que si le système représentatif reconnaît l'égalité légale, il établit aussi une grande inégalité dans les divers rangs de la société. Ainsi, dans les classes supérieures,

comme dans celles qui sont intermédiaires, l'influence des femmes sur les affaires
doit aller en décroissant; mais elles auront pour se consoler cette sorte de pouvoir moral que la vanité des Français
leur a concédé pour toujours.

Je vais, en terminant, considérer les
femmes sous un nouvel aspect, ou, pour
mieux dire, elles vont se montrer telles
que la nature les a créées : il n'en faut
pas plus pour les faire aimer. Tant de
maux nous assiégent ici bas, que nul ne
parviendrait au terme de sa carrière, si
des consolations continuelles ne nous
étaient prodiguées. L'homme aime surtout à tourner son pouvoir contre l'homme ; il l'attaque dans ses sentimens, le

persécute dans ses affections, et l'outrage
dans ses opinions; enfin il le martyrise
avec délices : c'est sa victime d'élite. Mais
alors intervient la femme. Pour sentir
la douleur, elle n'a pas besoin d'en faire
la tardive expérience; toute adversité
qu'elle aperçoit, devient aussitôt la sienne.
Les caresses qui soulagent, les paroles
qui touchent, les prévenances qui émeu-
vent, les secrets qui consolent, elle les
possède d'instinct. Il faut que la douleur
qu'elle approche cède et fléchisse, et
quand elle ne peut lui offrir l'unique secours qu'elle invoque, elle l'adoucit par
sa compassion. Quiconque souffre, prend
aussitôt place pour les femmes au premier
rang : pour leur cœur toute douleur est
noble. Les enfans abandonnés, les vieil-

lards sans ressources, les pauvres femmes
sans soutien, forment en tout pays la
famille de leur choix : on leur appartient
dès qu'on a besoin d'elles. Mais ce dévouement de la charité leur est devenu si ordinaire, qu'il passe confondu dans les
autres habitudes de leur vie. Pour moi,
je l'avoue, les femmes, à certains égards,
me paraissent dignes d'une admiration
sans réserve. Jetées au milieu de nos fu-
reurs et de nos passions, elles les captivent et les endorment. Par les soins
qu'elles inventent, les rapports de la vie
deviennent pour tous aimables et doux.
Les premières elles encouragent le génie,
le couvrent de leur protection, et, le
prenant par la main, écartent les obstacles qui l'arrêtent. Partagent-elles la for-

tune d'un rang éclatant ? elles appellent
les plaintes et les soupirs, vont au devant, les recueillent, afin, au premier
moment favorable, de leur gagner quelque allégement. Par l'ingénieuse tendresse
de leurs paroles, les torts sont atténués,
les fautes sont remises, et les haines se
réconcilient. C'est par les femmes que,
dans toutes les classes de la société, les
sentimens nobles et généreux s'acclima-
tent, et que les procédés délicats se na-
turalisent et s'étendent. C'est à elles que
l'on doit la douceur, la bonté et tout ce
qui lie et attache dans la vie. Je le demande, que deviendrait le monde, si,
durant vingt-quatre heures, les vertus
des femmes s'en retiraient? que de maux
sans pitié, que d'angoisses sans consola-

14..

tion ! Alors nul soulagement ne défendrait
du désespoir ; seul on serait trop faible.
Pour résister même aux adversités de
tous les jours, il faut que les femmes
nous soutiennent et nous appuient. Il y
a plus, sans elles que serait la félicité ?
une quiétude morte et insipide, une
joie sans délicatesse ; la fortune ? de l'or
entassé, mais que nul ne sentirait, puisque la main qui donne est absente. Sans
les femmes, que deviendraient la société
et ses plaisirs ? une foule qui s'étourdit ou
qui échange des idées sans connaître le
charme des émotions. Enfin, les femmes,
pour nous mettre au monde, souffrent
jusqu'à la mort. Elles nous ravissent à
tous les périls de l'enfance, dirigent nos
penchans, et nous donnent cette éduca-

tion du cœur , qui plus tard multiplie autour de nous tous les attachemens. Et lorsque , comme filles, mères et épouses, elles ont rempli tant de devoirs, nous les retrouvons au moment suprême pour adoucir des maux dont cette fois il ne leur est pas permis de triompher. Mais à la vue de tant de liens qui vont être brisés, leur tendresse et leur sensibilité les resserrent comme pour les rendre indestructibles. On ne peut le jour les détacher de notre chevet, et la nuit, immobiles et respirant à peine, elles nous veillent. Seules elles pansent nos plaies, et de leurs soins suspendent nos douleurs. Les larmes les étouffent ; elles les arrêtent ; et, pour tromper nos inquiétudes, commandent à leurs lèvres de nous sourire. L'homme s'affaiblit de plus en plus ; il glisse dans la mort et le sent : alors il se tourne vers sa compagne, la cherche, la rencontre et tombe s'appuyant sur elle : il en a besoin même pour mourir.

DE

LA MAJORITÉ.

DE LA MAJORITÉ.

MAJORITÉ : de tous les mots de notre langue, celui qui aujourd'hui est le plus en vogue, puisqu'il exprime à lui seul les droits des uns, les espérances des autres, et les revenus de certains. Aussi qui peut comprendre tout ce qu'il y a de puissance dans ce mot magique : majorité, connaît à fond l'état actuel de la société en France. Pour ma part, suis-je heurté dans la rue par un jeune homme qui

vole plutôt qu'il ne marche , je devine
sur-le-champ qu'il vient d'entrer dans sa
majorité : il peut déjà trop pour ne pas
se permettre beaucoup. Quant à nos de-
moiselles, je suis loin de les accuser ; à
peine l'heure de la majorité est-elle sonnée, que sans rien perdre de cet air de
fierté qui sied si bien au beau sexe, elles
ont dans leurs manières quelque chose
de plus tendre et de plus engageant; il
suffit alors de ne les avoir regardées qu'en
passant pour les aimer quelquefois toute
la vie. Maintenant, si je remonte des
enfans aux pères , je surprends ceux-ci
tressaillir de joie, lorsqu'un jour où
l'autre ils peuvent palper les avantages
d'une seconde majorité. Mais, s'écrient
les étrangers, les Français ont donc deux

espèces de majorité ? Oui, l'une est la faculté de se permettre de très bonne
heure toutes les sottises qu'ils peuvent
inventer; l'autre, au contraire, n'est que
le privilége accordé à quelques-uns de
refaire, comme membres d'une assemblée délibérante, la fortune que leur
première majorité a tant soit peu com-
promise. Ainsi, il y a parmi nous la majorité d'âge; celle où l'on n'a guère souci
des lois, et la majorité législative, où l'on
en fait pour tous. Je le répète, cette dernière est la vraie mine d'or qui existe en
ce moment en France. Aussi les docteurs
du pays, pour s'en bien trouver à leur
tour, n'ont-ils pas manqué de vouloir
l'exploiter : on les a vus soutenir que la
majorité, celle qui décide du sort de la

société, devait être l'organe exclusif des masses. Ils en ont fait enfin une manière de souveraineté du peuple au *petit-pied*. Je suis d'un avis contraire : qu'on me lise, et l'on prononcera.

Assurément dans tout État d'une certaine étendue, il y a impossibilité matérielle de consulter sans cesse chaque citoyen, même dans la localité où il vit. Néanmoins j'accorde que ce premier obstacle est surmonté, et je soutiens que les partisans de la majorité n'en sont que plus éloignés du but qu'ils prétendent atteindre. En effet, pour que chaque citoyen pût délibérer utilement, il faudrait qu'il possédât en propre une volonté d'autant plus fixe qu'elle serait

éclairée. Mais comme avant de longues
années, il ne pourra en être ainsi, il
arrive que la majorité que vous tenez
pour souveraine obéit à quelques misérables parleurs pleins de faconde, mais
dépourvus de discernement; ou bien
encore, et ce qui est plus dangereux,
cette même majorité est fascinée par
quelques intrigans sans conscience. Après
avoir consulté chaque citoyen pour ainsi
dire tête par tête, vous retombez donc
sous le joug d'une minorité; que dis-je,
vous rampez tantôt sous une minorité,
tantôt sous une autre : seulement l'une
égare et l'autre trahit. Il faut alors s'aviser
d'une ressource, et au lieu de s'adresser
au citoyen pris comme créature enrégi-
mentée dans une agrégation d'hommes,

interroger l'intérêt social, en d'autres
termes la propriété qui réside dans les
mains du petit nombre; il faut en outre
interroger l'intelligence de quelques autres. Après tout, le pouvoir n'est jamais
si sûr de son avenir que lorsqu'il a pour
auxiliaires la propriété et l'intelligence.
Maintenant, les citoyens qui possèdent
l'une et l'autre ne forment-ils pas en tous
lieux la minorité dans les masses. En vain,
attaquerait-on le système que je défends
comme contraire à la liberté ou à la dignité du citoyen; je compte surtout celui-
ci dans ses influences sociales, en même
temps que j'assure une place d'honneur
à son intelligence, tandis que les partisans
de la majorité, faisant abstraction du citoyen, ne pèsent que ce qu'il y a de ma-

tériel dans l'homme; c'est comme créature
physique grossissant une ·addition qu'ils
l'estiment. Mais je puis me tromper·: c'est
le sort réservé quelquefois à ceux qui
raisonnent. Heureusement que l'histoire
m'a précédé. Voyons les résultats qu'elle
certifie dans son impartialité.

Eh bien! en Orient, ce berceau du
genre humain, le prince est absolu, et
le reste, qui est incontestablement la
majorité, ne se meut que pour obéir.
Dans la Grèce, j'aperçois, à son origine,
des monarchies où la minorité fait loi;
plus tard, ces monarchies se changent en
républiques; mais, pour exister, celles-
ci, par des exclusions plus ou moins
adroites, repoussent la majorité du pou-

voir. Que si dans la ville d'Athènes le commerce maritime rend souveraine la classe la plus nombreuse, il n'y a plus société, mais désordre universel. Rome veut conquérir le monde ; aussi l'institution monarchique a dépouillé chez elle la majorité de toute influence, et la république, entée sur ce principe vigoureux, divise la nation en deux classes : le patricien qui commande, et le plébéien qui obéit. Mais, allez-vous dire, la majorité du peuple romain, composée de plébéiens, choisit ses magistrats. Étudiez le système électoral de la ville éternelle, et vous verrez si en définitive c'est la majorité numérique qui élit. La ligne de séparation est rompue ; le nombre des citoyens qui élisent augmente incessamment : guerres

civiles, subversion totale, et la majorité,
témérairement émancipée, retombe sous
le joug de l'obéissance la plus abjecte.
Dans cette rapide esquisse des gouvernemens de l'antiquité, j'ai passé sous silence
les esclaves ; mettez-les en ligne de
compte, et calculez ensuite à quel nombre se réduisait la minorité de ces temps
de liberté républicaine. L'Europe moderne subit une invasion : aussitôt les
conquérans, qui formaient la minorité,
commandent à la majorité ; et, comme
il fallait à la première un moyen de se
conserver maîtresse, la féodalité, système
militaire, s'établit. Mais, pour féconder
la conquête, des institutions étaient in-
dispensables : l'église, où la minorité est
réduite à sa plus simple expression, puis-

qu'un seul gouverne, l'église les donne
d'abord, et l'ordre commence à se répandre insensiblement partout. La féodalité,
comme système militaire, perd sa vigueur;
alors des armées permanentes pénètrent
d'énergie le pouvoir royal. Le clergé qui
civilise, la noblesse qui combat, la magis.·
trature qui juge, et dans certains cas ad-
ministre, tout cela n'est-il pas la minorité qui, groupée autour du trône, fait
obéir le grand nombre.

La révolution parmi nous proclama un
instant que le système de la majorité serait mis à exécution, mais tant de désor-
dres naquirent, que jamais les Français
ne furent plus à plaindre. L'instinct de la
conservation poussa enfin vers l'établisse-

ment d'une minorité dominante, et le Directoire parut; mais des fautes inhérentes à sa nature nous donnèrent les consuls. Un d'eux commandait une armée, minorité aussi déterminée qu'agissante : le pouvoir lui resta. Enfant de la révolution, il s'empressa cependant d'étouffer les principes du système de la majorité; en conservant toutefois ses vieux mots sacramentels. L'élection fut exclusive, la nomination de tous les emplois lui appartint; et la majorité, dépouillée de son sceptre de clinquant, se résigna paisiblement à l'obéissance. Cependant cet homme ne possédait pas tout entier le secret de la conservation ; de-là cette manie des conquêtes qui précipita sa chute, et ramena parmi nous les Bour-

bons. Louis XVIII, en remontant sur son
trône, jugea convenable d'octroyer une
charte, et d'établir une forme nouvelle
de gouvernement. Mais par cette con-
cession il ne prétendit jamais légitimer le
système de la majorité; car, à l'exa-
miner dans son ensemble, la Charte ne
reconnaît des droits politiques qu'à la
minorité des Français, puisque pour
être électeur ou éligible il faut au préalable un certain taux de fortune auquel
le grand nombre ne pourra jamais atteindre. Quant aux fonctions publiques
et aux emplois, ils nécessitent encore
certaines conditions que la majorité ne
pourra jamais remplir. Ainsi s'évanouit
devant la raison et l'histoire le système
de la majorité, puisqu'encore une fois c'est

la minorité qui réellement peuple les tribunaux, les administrations, l'armée et
les chambres; et c'est seulement dans le
sein de cette dernière que le pouvoir doit
chercher l'appui de ce que dans le gouvernement représentatif on appelle majorité.

On s'est beaucoup effrayé de la puissance que parmi nous la loi donne dès l'âge
de vingt-un ans : on s'est trompé, il
fallait nous plaindre. En effet, les charges
se sont accrues bien au-delà des droits.
Comme citoyen, chacun de nous n'est-il
pas appelé à la défense de la patrie avant
même d'être homme? J'en conviens, de
nos jours, il y a chance pour les masses
de rester paisibles dans les cités; mais à

quel prix? Les impôts ont-ils été jamais plus lourds et plus nombreux? Vivre, n'est aujourd'hui qu'exercer continuellement toutes ses facultés : puisque le repos n'est plus possible; il faut bien comme conséquence inévitable que la liberté nous soit accordée de très bonne heure. En vérité, je ne puis concevoir un pouvoir qui exigerait beaucoup sans vouloir rien donner en retour. Désormais la liberté, comme elle se paie, ruine plus que jadis la servitude.

De toutes les contrées de l'Europe, c'est en Angleterre que, suivant l'opinion commune, existe la plus grande portion de liberté; la majorité intervient donc sans cesse dans les affaires publiques?

Non : certains riches , certains nobles et
trois ou quatre hommes habiles , parlent,
agissent et décident; des membres de la
chambre des pairs élisent des membres de
la chambre des communes; des habitans d'un bourg devenu désert , envoient
plus de mandataires qu'ils ne forment
d'électeurs. * En dernier résultat de ces

---

 * L'Angleterre vient d'introduire des changemens consi-
dérables dans son système électoral ; le temps fera voir si les
novateurs n'ont pas poussé leur pays dans une déplorable
route. Au reste, la raison est si forte sur cette terre de la liberté qu'à elle seule elle suffira pendant de longues années
pour tout contenir : les nouvelles élections qui sont sorties
du bill de réforme en sont la preuve. Le parlement britannique
compte une majorité immense où ne se sont glissés que cinq
ou six radicaux , afin de prouver sans doute qu'on doit en
rencontrer partout. — 1833.

singulières combinaisons sort une telle
réunion de force et d'intelligence, que la
minorité d'Angleterre entraîne à elle seule
toute la majorité du globe.

DE

L'ESPRIT DE SOCIÉTÉ.

DE

L'ESPRIT DE SOCIÉTÉ.

L'ESPRIT de société est la faculté d'imprimer à chaque chose le genre particulier d'agrément qui doit plaire à ceux qui nous entourent. Aussi plein de sagacité que de prestesse, l'esprit de société devine et saisit toujours juste la forme qui convient au moment. Condamné à

une sorte de mutation perpétuelle, il ne
blesse pas de son inconstance, parce qu'il
n'y a rien en lui de fortement arrêté. Il
amuse sans entraîner, et distrait sans
préoccuper : à ces divers signes il est facile de reconnaître que l'esprit de société
est d'invention féminine. Je le pense ; et
dirai-je que chez nous, où le sexe exerce,
à certains égards, un si grand pouvoir,
l'esprit de société, après avoir atteint la
perfection, s'est échappé des rapports
ordinaires de la vie pour soumettre à son
empire les lettres et la politique. Et d'a-
bord l'esprit de société effleure sans cesse
les sentimens les plus énergiques comme
les affections les plus tendres ; par là, il
fatigue et épuise la sensibilité : d'un autre
côté, il faut qu'il sache au besoin se dé-

fendre de toute émotion, et qu'il badine lui-même de la certitude de sa propre opinion. Il en résulte qu'il ne laisse ni conviction dans l'esprit, ni force dans le cœur; enfin, il enlève tout ce qui féconde le génie.

Maintenant à quel siècle l'esprit de société a-t-il brillé pour la première fois en France? Sans rien préciser, je me contenterai de dire qu'il n'a acquis de véritables développemens qu'à l'époque où les lettres ont jeté parmi nous le plus vif éclat; que s'il ne leur a pas été funeste, c'est qu'il est resté renfermé dans les hautes classes, où des circonstances particulières ont comprimé ses désastres. En effet, les guerres nombreuses du grand monarque *, les larmes qu'elles firent répandre, tinrent le cœur sans cesse en haleine : ajoutez que les pensées de la religion, se glissant dans l'esprit de société, y déposèrent quelque chose de leur gravité. Plus tard, et au milieu des accès d'une folie intarissable **, l'esprit de société effaça les distances et rapprocha les rangs. Les gens de lettres sortirent alors de la profonde retraite où généralement ils avaient vécu, et vinrent s'installer dans les cercles où sur-le-champ ils s'adressèrent aux femmes, si habiles à procurer des succès; mais pour les intéresser il fallait d'abord leur plaire, c'est-

* Louis XIV.
** La régence.

à-dire imposer au talent tous leurs défauts : cette marche fut suivie. Aussi à
partir de cette époque, la fausseté, la re-
cherche et la mignardise dominent dans
les ouvrages d'esprit. Les femmes sont
sujettes à des caprices et à des bizarreries;
la littérature en foisonne.

On va m'objecter les chefs-d'œuvre de
Voltaire, Montesquieu, Rousseau et Ber-
nardin de Saint-Pierre, oubliant sans
doute qu'ils ont été créés au milieu des
longues méditations de la plus profonde
solitude.

Une dernière remarque décide de la
justesse de mes observations : dans le
monde il faut que chaque pensée se déta-

che du discours, et, terminant en trait, brille et scintille; voilà ce qui constitue un des principaux charmes de l'esprit de société. Pour un bon livre, inverse est la méthode; une seule pensée d'où dérivent de nombreuses conséquences, toutes concourant à un effet général.

Si j'examine l'influence que l'esprit de société a exercée sur la politique, j'arrive à des résultats bien autrement graves. Dès l'instant où les écrivains vécurent dans la société et se vouèrent aux femmes, celles-ci, par reconnaissance, s'établirent les échos de leur gloire. Le bruit en devint bientôt si grand, que tout émerveillées de son éclat, les femmes se prirent d'un fol enthousiasme pour les gens de lettres, qui aussitôt leur imposèrent le joug. C'était là sans doute une importante conquête pour le génie; mais les gens de lettres d'alors portaient leurs vues plus haut : ils méditaient de refaire à neuf la société humaine. Dans cette hasardeuse entreprise ils furent secondés par les femmes, qui se montrèrent assez habiles pour jeter dans le parti des littérateurs certains hommes que la naissance et le devoir condamnaient à devenir leurs ennemis *. D'un autre côté, les armes françaises ne s'élevèrent pas toujours à la hauteur du siècle précédent. La longue

---

* Il y a encore une autre cause qui explique l'intime alliance des femmes avec les gens de lettres ; cette cause, je l'ai indiquée ailleurs.

paix qui succéda ensuite repoussa de là
gloire les grands qui, déchus de l'antique
illustration de leurs droits politiques, se
tournèrent vers les idées nouvelles : se
déclarant à haute voix les Mécènes et les
amis des écrivains les plus hardis, ils se
mêlèrent ainsi à leur renommée. Il faut
l'avouer, la plupart de ceux-ci joignaient
à une instruction profonde et variée les
grâces les plus brillantes, souvent même
l'éloquence la plus passionnée; l'esprit de
société qu'ils possédaient au plus haut
degré leur permettait aussi de prendre à
leur gré tous les tons; ils étaient enfin,
par la parole, les maîtres de la France,
car les idées qu'ils répandaient dans les
salons s'écoulaient jusque dans les de-
meures les plus obscures, mais la source

de leur puissance, l'esprit de société avait trop épuisé le cœur pour y laisser l'énergie indispensable à l'accomplissement des systèmes nouveaux. Les novateurs eux-mêmes ne possédaient aucune véritable idée politique; et sur ce point l'ignorance était nationale. A ces causes s'en adjoignirent encore d'autres pour donner à la France la révolution qui, lui ravissant à la fois les grandeurs sociales, les lettres, l'esprit de société et l'élégance des mœurs, la ploya jusqu'à l'abrutissement. Mais d'un dernier effort cette vieille France brisa la terreur; et toutes les classes de la société, échappées des cachots, se confondirent un instant dans une commune joie. Bientôt la saleté révolutionnaire et les guenilles patriotiques le cédèrent à un

16..

luxe monstrueux enfanté par les plus
odieuses rapines. Cependant l'esprit de
société ne se montrait nulle part, car les
hautes classes se cachaient dans la solitude pour essuyer leurs pleurs et réparer
leurs pertes. Les années s'écoulaient ainsi
lorsqu'un soldat heureux s'emparant du
pouvoir, voulut reconstituer à son profit
le gouvernement monarchique. Dans cette
vue, il restaura les hautes classes, et aussitôt l'esprit de société éclata dans les salons du noble faubourg ; mais il ne put
pénétrer jusqu'à la demeure du despote, où
la dureté et le mépris des hommes avaient
seuls droit d'entrée. Sur ces entrefaites,
les classes intermédiaires, repoussées dans
leurs limites primitives, les abandon-
naient pour se jeter dans les camps, qui

décernaient tout, jusqu'à la royauté. Le reste de ces classes se perdait dans l'intarissable médiocrité des emplois en sous-ordre, ou bien tentait la bourse, la banque, et élevait des fortunes qui lui donnaient de l'influence et de la considération. Mais au milieu du mélange de ces parvenus du sabre et du comptoir, l'esprit de société ne pouvait se faire jour : il n'y avait donc que force et mouvement dans les classes intermédiaires.

Au jour où la restauration parut, on pouvait penser que l'esprit de société allait croître et s'étendre; il n'en fut pas ainsi. Les hautes dignités et les places importantes, restées aux hommes nouveaux, maintinrent partout une insolente àpreté. Cependant, à la suite de la plus effroyable catastrophe *, parvinrent aux affaires quelques habitués de l'ancienne compagnie, et le commandement en reçut de la gràce et de la délicatesse; mais le pouvoir se lia de nouveau avec les hommes et les doctrines modernes **. Une grande agitation s'en répandit sur-le-champ dans toute la société, agitation qui fut encore accrue du mécontentement de tous ceux auxquels la carrière des armes fut fermée. Des doctrines et des hommes sans cesse opposés se trouvèrent partout en présence, et l'esprit de dis-

* 20 mars.

** Malheureusement pour nous le pacte fut conclu avec la partie pernicieuse de ces mêmes hommes et de ces mêmes doctrines. Années 1816, 1817, etc. 4ᵉ édition 1825.

cussion chassa l'esprit de société, qui
n'eut pas même toujours refuge dans ses
asiles les plus chéris. Enfin l'esprit de
société, qui dans toute autre position
aurait pu devenir une sorte de lien commun entre les classes supérieures et les
classes intermédiaires, ne sert plus aujourd'hui qu'à signaler entre elles une
ligne de démarcation.

L'esprit de vivacité et de saillie est de
naissance; on le porte partout, on l'em-
ploie sans cesse. L'esprit de société, au
contraire, ne peut s'apprendre et se développer que dans le grand monde. Il lui
faut de la pompe et des témoins, des
richesses et du luxe; il disparaît dans le
malheur, s'efface dans la retraite, et se

perd pour toujours dans le vulgaire des liaisons.

L'homme fort et habile, qui long-temps a vécu dans la profonde solitude du cabinet, s'égare et se perd dans l'espace étroit du salon. Comme un voyageur qui ne sait la langue que dans les livres, il comprend ce qui se dit, mais il il ne peut parler lui-même, l'accent lui manque.

J'excepte quelques maisons d'élite, et je soutiens qu'il n'y a plus d'esprit de société parmi nous. Tous les états et tous les rangs, confondus dans la même pièce, ne peuvent ni se parler, ni se comprendre. Rapprochés par le hasard, comment

pourraient - ils s'imposer la fatigue de
plaire? Que la province se console! dans
la plupart de nos réunions d'apparat, il
semble qu'à son de caisse on ait convoqué
les passans bien mis, et qu'une fois formés en masse, on leur ait dit : « Voilà
la nuit; le temps des affaires est passé;
jouez et dansez; et, l'aurore venue, ou-
blions-nous tous. »

Les hommes nouveaux, abondans en
paroles, s'étalent dans le principe et sa
conséquence. Les hommes qui possèdent
le vieil esprit de société sont précis dans
le tour et serrés dans la phrase. C'est de
la situation bien saisie qu'ils font jaillir
la force du mot. Le regard, le sourire,
une légère altération de l'organe, expli-

,quent chez eux les nuances les plus imperceptibles ; et dans certains momens
ils font tout parler, jusqu'à leur silence
même.

Dans le monde, le caractère usurpe le
commandement : au rebours dans les
rapports ordinaires de la société. D'où
vient cette différence? des femmes. En
effet, douces, elles souffrent à contre-
dire; fines, elles devinent toutes les dé-
licatesses; vives, elles se mêlent à tous
les sentimens; mobiles, elles adoptent
toutes les opinions; avides de plaire,
elles ménagent tous les amours-propres.
Ainsi soutenues du seul esprit de société,
les femmes captivent la vigueur des hommes, en triomphent, et finissent toujours

par la ranger sous l'empire de leur faiblesse.

De nos jours ce n'est pas au luxe de
l'habillement, aux dentelles, aux dia-
mans et aux pierreries, ni même à la politesse extérieure des manières que se
distinguent les hommes; à la voix : douce,
harmonieuse et réglée, elle dénonce un
habitué de la vieille société ; impétueuse,
vive et éclatante, elle signale la société
nouvelle. Dans la première on glisse en
causant sur tout ; dans la seconde , le
texte est choisi, débattu, contredit, la
réplique accordée , et l'on se quitte souvent décision remise.

Dans notre ancienne monarchie, les

dignités, les fortunes les plus considéra-
bles s'acquéraient de naissance, et quelques hommes entraient grands dans la
vie. Élevés loin de toute occupation ser-
vile, nourris dans les habitudes d'une
politesse exquise, pleins d'urbanité et de
grâces, l'esprit de société leur venait à
part même la volonté, c'était pour eux
une tradition de plus. Aujourd'hui * que
l'instabilité s'élève plus haut que les trô-
nes, chaque homme est dressé pour emporter tout de haute lutte. On rougirait
de vouloir plaire. On ne se réunit que
pour spéculer ou dilater son amour-
propre par la montre insolente d'un luxe
asiatique; d'autres, les habiles et les po-

* 1825.

litiques, ne se confondent un instant avec les hommes que pour apprendre plus tard à les commander.

Les gens du monde et les femmes, doués de l'esprit de société, n'expliquent jamais leur pensée, ils la font sentir d'indication. Il en résulte que dans les matières les plus graves, comme les plus délicates, ils touchent à tout sans blesser nulle part.

Dans la monarchie proprement dite, l'esprit de société rapproche les conditions, mais les affaiblit et les énerve; dans le gouvernement mixte, l'esprit de discussion divise et sépare les conditions, mais fortifie et endurcit l'homme. De là, source de difficultés pour les princes.

A certaine époque de la restauration, l'esprit de société a paru faire quelques progrès; mais ils ont été rapidement engloutis dans les débats d'une polémique qui ne se reposait par intervalle que pour mieux reprendre haleine. Maintenant nous faisons mieux : les habitudes du corps-de-garde campent dans le salon; et nous en sommes venus à ce point, de prendre la grossièreté qui se met à son aise, pour de l'indépendance qui se développe. Enfin d'un grand peuple que nous formions, nous ne serons bientôt plus qu'une immense populace.

DES JOURNAUX.

DES JOURNAUX.

Les journaux : seul impôt dont les peuples soient avides.

Les journaux sont pour l'esprit, ce que le pain est pour le corps. Sans doute on vit de plus, cependant c'est le fond de toute consommation quotidienne.

Le jour ou la pensée d'un seul a pu se communiquer à tous, le monde a été changé. Jadis les princes triomphant des résistances physiques, n'avaient plus à redouter que la parole, encore fallait-il qu'elle s'élançât des lèvres d'un ministre de Dieu devenu tout à coup hostile. Sous le poids de cette seule attaque pliait la violence de la force. Dans les républiques du moyen-âge*, lorsque, enflammée par les passions populaires, la parole était si terrible, que de fois elle s'est évanouie dans les limites où elle retentissait ! L'imprimerie est découverte : puissance invisible, à peine il lui faut de l'espace et du temps; et déjà de ses produits, elle passionne et remue l'univers; aussi, depuis sa naissance, a-t-elle donné

---

* En Italie.

au monde un mouvement qui ne cesse
de s'accroître. Les princes dans l'espoir
d'être mieux obéis, isolent sous prétexte
d'administrer; puis étendant les ressources militaires, ils marchent en tête
d'innombrables soldats; de leur côté
les peuples s'appuient de la presse. Alors
sur chaque point les livres sont en présence des armes. Pour vaincre plus sûrement, les princes grossissent leurs batail-
lons; les peuples allègent leurs livres :
feuilles légères, elles volent; les armées
marchent; les unes persuadent, les autres effraient. Après de prodieux événemens dans les deux pays *, guides de
l'Europe, les journaux sont reconnus

* L'Angleterre et la France.

17..

libres. Et comme les peuples aspirent
désormais à tout savoir, ils soudoient
ceux-ci qui leur fournissent en retour des
documens, des avis et des décisions. Les
journaux veulent-ils remplir en entier les
devoirs qui les attendent, doivent pro-
noncer tantôt en faveur de ceux qui commandent, et tantôt en faveur de ceux qui
obéissent : c'est ainsi que sans être pour-
vus d'aucun pouvoir réel, ils deviendront
les régulateurs de tous.

Pourquoi cacherai-je la vérité? les journaux ont leurs inconvéniens; mieux qu'un
autre je le sais. Mais sur la place publique
donnez au premier venu droit de parler,
même à certaines conditions, et avant le
coucher du soleil, que de sottises seront

débitées ! Eh bien ! comme les journaux
apparaissent en grand nombre ; il est impossible que la foule qui écrit ne s'y porte
pas : elle enflamme certaines passions ; il
en résulte donc une sorte de confla-
gration. Mais à la vue du péril les hommes
qu'inspirent la vérité s'élancent dans la
lice. A des systèmes désastreux, ils oppo-
sent l'intérêt sagement calculé ; et, font
retentir ces saints devoirs qui depuis des
siècles, poussent la société à sa perfection. La première chaleur passée, la multitude les écoute ; puis de la divergence
d'opinions jaillit une masse d'idées qui
pénètrent la population et s'emparent de
sa conscience. S'instruisant, elle discute ;
examinant, elle s'éclaire. Alors elle réforme les arrêts qui, de prime-abord,

l'avaient égarée. Plein de cette conviction qui née de l'expérience, a le droit d'affirmer, je soutiens que là où la pensée ne descend que du pouvoir, elle est toujours lente; celui-ci se trompe-t-il, il faut que la population l'attende à son préjudice; mais où existe la publicité, si en allant trop vite en prend quelquefois un chemin pour un autre, averti sur le champ, c'est toujours le premier qu'on touche au but.

A mon sens, il est beaucoup trop tard pour museler les journaux : dès à présent ils ont emporté dans l'Europe entière la liberté de leur avenir. Je récapitule : soixante années ne sont pas encore écoulées qu'a peine osait-on répéter au peuple anglais les débats de ses mandataires. Aujourd'hui, en les reproduisant, mot pour mot, on les fortifie de l'approbation ou on les ébranle du dénigrement. En Turquie, long-temps tout s'est tu; et a moins qu'il ne massacrât, on n'entendait pas le peuple signifier ses opinions. Des journaux ont d'abord retenti près des états où règnent les successeurs de Mahomet; puis, maîtres du terrain, ils se sont trouvés en face du pouvoir absolu *. C'en est fait : le Coran, dans son texte et ses commentaires, sera bientôt ébranlé, et il arrivera même une époque ou le grand-turc, soutenu de son divan, pour être obéi, sera tenu quelquefois d'avoir raison.

1825.

A part certaines crises, la violence de
la pensée, pas plus que celle de l'expression, ne réussit long-temps aux journaux; on se fatigue vite de cette fureur
quotidienne : on n'attend pas de bons
conseils d'un homme qui est toujours en
colère.

Dans la polémique des journaux comme
dans le choc des armes, les Français,
quand ils attaquent, sont sûrs de vaincre; mais s'ils possèdent toutes les qualités
de succès; ils n'ont aucune de celles qui
le fécondent. Après quarante ans de combats, la souveraineté du peuple l'emporte *. Les journaux qui avaient aidé à cette

* Journées de juillet.

difficile conquête, se divisent aussitôt dans une misérable guerre de partage; et ravalent la victoire de la hauteur d'un principe à l'exploitation d'un intérêt. Cédant à la rage de jouir plus vite, ils brocantent de leur propre gloire et la font avorter dans le sort qui l'attendait.

Rien de plus pernicieux au talent, qu'un format dont les dimensions touchent à l'extrême. Trop grands, les journaux engloutissent dans leur fatras quotidien, les pages remarquables qu'on leur apporte; trop petits, ils descendent jusqu'aux ignobles quolibets de la populace qui les achète. Bref, c'est avec l'infamie de ses abjections qu'ils sympathisent : à ce prix seul, ils sont complètement goutés.

En France, les masses qui savent lire, ne croyent plus qu'aux journaux; elles les attendent chaque matin pour oser penser tout le jour; elles font plus que de les méditer avec respect : elles leur obéissent à la baguette. C'est dans les journaux que réside la véritable souveraineté du pays; et comme de minute en minute, ils se contredisent eux-mêmes; il ne faut pas s'étonner, si parmi nous, tout est si mobile.

Il faut un long apprentissage pour savoir une profession manuelle; des examens sont imposés à qui veut devenir médecin, ingénieur, magistrat ou prêtre, il ne s'agit là que de certaines spécialités. Mais quant aux journaux qui doivent tout connaître, puisqu'ils tranchent sur tout, nos lois ne leur demandent que la garantie d'un certain nombre de capi-taux.* Peuvent-ils, les réunir, ils ont droit de remuer toutes les turpitudes, d'agiter toutes les passions ; d'insurger tous les vices. Dans un pays où l'on ne rève que l'égalité ; tel est l'insolent privilége ac-cordé à l'or, qu'il déprave ce qu'il n'a-chète pas.

Les journaux, à part quelques excep-tions, ne sont écrits** que par des jeunes gens qui sentent plus qu'ils ne réfléchis-sent, ou par des hommes qui, dans ce

* Cautionnemens.

** 1833.

genre de rapide composition, ne cherchent qu'un gain abondant et facile. Ici,
des passions; là, du métier : ce devrait
être au contraire de la raison pour indiquer le bien et du dévoûment pour le
faire triompher.

En dépit de tous les justes reproches
qu'on leur adresse, les journaux, depuis
un demi-siècle, ont vu accourir sous
leurs drapeaux, le génie, l'éloquence, le
courage et le talent. C'est le rendez-vous
commun de toutes les forces ; c'est là
donc que germe la grandeur de notre
avenir.

En France, les hommes, tant qu'ils
végètent oisifs de salon, ravalent les

journaux et ceux qui les écrivent; mais tout à coup ils entrent dans l'administration pour commander, ou sont portés à la tribune orateurs novices : ils ont besoin de justifier leur fortune. Ils implorent alors ces mêmes journaux, jadis objet de leurs sots mépris, afin qu'ils appuient sur des louanges éternelles leur médiocrité ambitieuse. Un soldat de nos jours, après avoir abattu le monde sous ses armes, l'a séduit par ses journaux. Triomphant sur un champ de bataille, il ne tenait la victoire pour bien gagnée que lorsque les journaux en certifiaient les avantages. Enfin ces feuilles légères occupaient si constamment sa pensée, qu'il les fit entrer de vive force dans le vaste plan de ses conquêtes.

Instruction élémentaire ; journaux :
source qui abreuve chaque matin d'idées
nouvelles toutes les classes de la société.
Nul mouvement n'en résulte d'abord ;
mais au bout de quelques années, com-
bien de forces diverses se développent !
Les hommes qui gouvernent avec habileté laissent tourner ces mêmes forces au
profit commun. Veut-on au contraire
gêner l'instruction élémentaire et les
journaux après qu'ils ont déjà grandi, on
se précipite dans des périls sans fin. En
définitive le pouvoir est vaincu : il appartient à la civilisation stationnaire,
tandis que le peuple reste en tête de la
civilisation qui s'avance.

Je le répète, les journaux quotidiens

pris dans leur ensemble sont favorables
aux développemens de la société; mais
il n'en est toujours pas moins vrai qu'ils
nuisent d'abord à la pureté du goût littéraire *. Les journaux doivent paraître
si souvent et si vite, que les gens de mérite qui se dévouent à leur fortune, en
contractent l'habitude d'un travail plus
expéditif que correct. A côté d'eux, parlent
les orateurs de tribune; arrivés de tous
les coins de la France, ils mêlent à la défense des intérêts généraux le jargon de
leurs localités; ils ancrent l'anarchie où
les autres n'apportent que la négligence.

Mais il n'en est pas long-temps ainsi;

---

* Je parle ici des gouvernemens représentatifs.

plus les affaires publiques se multiplient et s'étendent, plus aussi les journaux quotidiens s'éloignent de la littérature ; enfin le moment de la séparation arrive. Des feuilles nouvelles s'attachent alors spécialement aux productions, domaine de l'esprit littéraire : elles les exploitent dans tout l'univers, et généralisant sous ce rapport l'intelligence humaine, l'enrichissent des chefs-d'œuvre de tous les peuples et de tous les âges *. Restée un instant en arrière, la littérature rejoint enfin la politique parvenue à ses dernières limites, et c'est ainsi qu'avec le temps les journaux expriment le monde entier.

---

* Par l'analyse, les citations et la critique qu'elles en font.

Les écrivains de journaux quittent trop souvent la plume aujourd'hui pour saisir les armes ; s'ils continuent, ils repousseront du service de la presse quotidienne les esprits supérieurs. Ces derniers s'imposent une mission ; pour en être plus dignes, ils nourrissent leur talent de fortes et de profondes études ; ils le décorent de l'éclat de nobles manières et le fortifient de la pratique des vertus. Mais si pour écrire désormais dans les journaux, il faut remplacer l'argument par l'injure et être toujours preste à tuer son homme, les esprits supérieurs se replieront sur le travail des livres : ils discutent, mais n'égorgent pas.

Jadis le compte rendu des œuvres lit-

téraires n'avait accès dans les journaux
qu'à la suite d'habiles et de persévérantes
sollicitations; on captait ses juges, quand
on ne les achetait pas. Les écrivains qui
avaient l'intelligence de la pudeur se fai-
saient louer par leurs amis. Cependant
un très petit nombre d'ouvrages arri-
vaient à la connaissance du public, mais
toujours pour le tromper. Aujourd'hui,
on pénètre dans les colonnes des journaux, comme dans les salons des trai-
teurs : *A tant la carte*. Les hommes,
ceux-mêmes qui possèdent la modestie
la plus sincère, n'éprouvent aucun em-
barras; ils citent ce qui leur paraît être le
mieux conçu dans leurs œuvres; on lit,
on juge : tout est de bonne foi. Il en est
de même pour les inventions de pure

utilité ; on expose leurs avantages. Le trafic nous a conduits à la loyauté ; c'est qu'en définitive, on ne trompe qu'en passant dans le commerce ; et pour y faire une fortune même médiocre, il faut souvent vendre jusqu'à mille fois au même acheteur.

On ne le sait pas assez en France ; dans un journal existent, sans jamais s'être vus, des écrivains chargés de fonctions différentes * : de telle sorte que chacun d'eux ne répond vis-à-vis du public ou de sa conscience que de l'œuvre qui lui

* La politique, la littérature générale, les grands et les petits théâtres, la traduction des nouvelles étrangères, le compte rendu des séances des académies et des tribunaux.

18..

est particulière. D'un autre côté, les feuilles quotidiennes, parmi nous, visent trop à cette unité de doctrines qu'elles regardent comme là couleur qui les distingue. A mon sens, les journaux doivent apporter chaque matin leurs décisions sur les affaires du moment, puis des faits, des idées, mais surtout des documens; car ils ne sont que juges provisoires. Au reste, il faudra bien que tôt ou tard ils entrent dans toutes les conditions de leur sort. En attendant, l'indépendance de la pensée est telle, que les feuilles quotidiennes, si elles cessaient de paraître au grand jour, seraient remplacées par des pamphlets qui, écrits à la main, abonderaient, calomniant en toute sûreté, puisque nulle part le dé-

menti ne pourrait les atteindre. Enfin,
n'oublions jamais qu'a les prendre au
plus bas, les journaux *, n'en doivent
pas moins être prisés comme les véritables enseignes d'une civilisation parvenue à son apogée.

* bien entendu quand ils sont libres.

DES HONNEURS.

DES HONNEURS.

JE sais que des esprits graves, et dont je respecte d'ailleurs l'autorité, ont décidé qu'on ne pouvait parler pertinemment que des choses dont on a depuis long-temps l'expérience. Aussi n'a-t-on jamais si éloquemment improvisé sur la conscience que de nos jours, où, pour la connaître à fond, on l'achète à tous les taux. Permis encore à nos auteurs de disserter sur leurs succès, puisqu'ils les font

eux-mêmes ; mais qu'un moraliste ose
écrire sur les honneurs, il y a là usurpa-
tion manifeste. Il est vrai que, dans l'antiquité, pour avoir inventé l'axiome le
plus bourgeois, on devenait sur-le-champ
législateur de sa cité. Au moyen âge encore, où les plus subtils s'élevaient jusqu'à lire couramment, les beaux parleurs
n'en réformaient pas moins l'état, et, au
prix de quelques périodes construites
telles qu'elles, étaient proclamés sur-
le - champ souverains absolus. Mais
l'homme va sans cesse se perfection-
nant. Aujourd'hui donc on ne se laisse
pas prendre même aux plus grands mots.
En vain reviendrait au monde un des
sept sages de la Grèce, faute de re-
venu, on lui refuserait tout net la

mairie de son endroit, fût-il, nonobs-
tant l'enseignement mutuel, le seul
qui sût signer au pays. L'industrie règne;
on ne donne plus, on vend; et comme un
vrai moraliste ne peut avancer les frais
du plus mince honneur, impossible à lui
d'en causer. L'argument paraît sans réplique. Cependant on n'a jamais, en
France, si bien vanté les charmes de la
liberté que quand nous étions tous en
prison. Puis, comme c'est dans un moment de vivacité que, chez nous, les
honneurs ont été proscrits en masse,
par une réaction naturelle, tout le monde
ensuite en a voulu. Enfin, de gré ou de
force, nous avons passé sous tant de
gouvernemens successifs, que, du petit
au grand, il a plu sur tous des honneurs :

ainsi que des impôts j'en ai pris ma part ;
c'est donc en docte que je traiterai la
matière.

Il est un point sur lequel les petits
hommes se rencontrent, surtout avec les
femmes. Ils visent à mettre en vogue
certains honneurs, comme elles certains
vêtemens, afin d'en mieux cacher leurs
difformités naturelles.

Pourquoi s'étonner si les honneurs al-
tèrent la plus vieille amitié ? n'est-ce pas
là toujours le premier des effets qu'ils
produisent ? Pour s'aimer, il faut sentir
ou vivre du moins quelquefois l'un comme
l'autre. Les honneurs, au contraire, jettent tout à coup dans un monde à part,

et infligent à ceux qu'ils atteignent un tempérament en quelque sorte nouveau. On peut, j'en conviens, se rapprocher encore quelquefois par la force de la mémoire de ses vieilles affections. Cela est possible dans les premiers jours de la fortune; mais les rapports changent bientôt si entièrement, que vous cessez d'attacher aux mots le sens qu'ils avaient autrefois pour vous.

Les honneurs sont exclusifs, et veulent qu'on ne respire que pour eux; ils isolent surtout de leur propre cœur ceux auxquels ils se livrent : c'est la condition du marché. Pour la première fois, je l'ai écrit il y a seize ans : « Les honneurs ne laissent souvent dans le cœur que deux

sentimens, l'orgueil et l'ingratitude. »
Maintenant je voudrais, dans cette phrase,
substituer au mot *souvent* celui-ci : *tou-*
jours. En effet, sur ce point nulle exception à faire; et c'est parce que le mal est
sans remède, qu'il faut se prendre pour
lui de pitié et d'indulgence. Les honneurs,
au xixe siècle, vous enlèvent tout à coup
votre ami; mais ils le placent sur une
pente si rapide, qu'à peine au sommet,
il roule déjà pour tomber en bas. Sau-
vez-lui la douleur de la chute; courez
donc vite, afin qu'il se réveille dans vos
bras : inventez des caresses si tendres et
si affectueuses, qu'oubliant pour toujours les honneurs au milieu desquels il
a plutôt glissé que vécu, il vous aime
plus vivement que jamais Enfin, rendez

lui en bonheur tout ce qu'un instant
vous avez souffert et pour vous et pour
lui.

En Europe, si le système représentatif s'établit définitivement, les honneurs
s'évanouiront devant les droits politiques.
Flattant l'amour-propre, ceux-ci donnent encore l'espoir de la plus haute fortune : c'est jouer avec un point de plus.

Les femmes ne possèdent pas les honneurs, elles les procurent, puis en par-
tagent la considération; je me trompe,
elles font plus encore. En effet, soit
comme épouses, soit comme filles,
elles adoucissent l'âpreté des honneurs
dans ceux qui les possèdent ; par intervalle même elles savent les revêtir de

bienveillance. Toujours actives et adroites, elles déterrent le mérite modeste, et
le conservent utile et brillant allié. C'est
ainsi que les femmes, qui, dans tant de
pays, sont écartées des honneurs, les
distribuent, les fortifient et les décorent.

On n'a peut-être pas assez remarqué
que l'esprit de parti seul peut décider les
hommes à dédaigner les honneurs : l'esprit de parti serait-il donc utile ? Examinons avec soin, ici ce ne sera pas peine
perdue. L'esprit de parti reste-t-il vainqueur, les hommes perdent certains honneurs qui leur enlèvent les jouissances
de la vanité de salon : voilà qui est in-
contestable; mais, en retour, ils peuvent
espérer sur-le-champ le bruit des applau-

dissemens de la foule. Dans un temps,
ils auraient sacrifié leur repos et celui de
leur famille pour obtenir les honneurs;
maintenant ils les dédaignent; mais aussi,
pour posséder la popularité, n'hésite-
ront-ils pas à risquer leur patrie. C'est
ainsi que les hommes s'avancent dans
la vie morale : du vice ils montent au
crime.

Veut-on connaître la marche progres-
sive qu'ont suivie les honneurs, la voici :
dans l'antiquité, pour les conquérir, il
fallait en général réunir naissance, génie
et courage; il y avait lutte continuelle.
Au moyen âge, la justice qui conserve,
la valeur qui défend, la vérité qui instruit, procurent les honneurs; mais ils

ne pénètrent que lentement dans les familles , et comme pour récompenser les
travaux successifs de plusieurs généra-
tions. Ainsi , s'appuyant sur la richesse
et sur la considération, ils avaient tout
ensemble de la durée et de l'éclat. Dès
l'instant, en Europe, où la royauté par-
vint au plus haut degré de sa puissance,
elle appela qui elle voulut aux honneurs.
Ses choix furent souvent dictés par le
plus admirable discernement , les peuples
en profitèrent avec elle ; quelquefois
aussi elle se trompa pour son malheur et
le nôtre. La révolution française, impa-
tiente de réaliser ses systèmes, et qu'irri-
tait le plus léger obstacle, détruisit violemment toutes nos institutions. Des ad-
ministrateurs payés et des administra-

teurs payans : telle fut son unique con-
ception. C'était à pleines mains semer la
tyrannie; aussi poussa-t-elle abondam-
ment. L'héritier de cette même révolution, pour en tirer meilleur parti, mo-
difia sa tyrannie sur quelques points et
l'agrandit sur d'autres. Prodige d'activité
et de force de caractère, il tenta de faire
de la France le centre de l'Europe. Tour
à tour administrateur, conquérant, législateur et général, administrateur, en
répandant l'ordre matériel, il déclarait la
guerre à toutes les doctrines vivifiantes;
conquérant, il appelait par la conscrip-
tion, toutes les classes au partage des
honneurs suprêmes, et édifiait ainsi la
démocratie; législateur, il étouffait jour
et nuit la liberté et même l'égalité, idole

19..

des temps modernes ; général, il restaurait
la féodalité, voulant s'attacher son armée
par quelque chose de plus que l'argent : les
titres et les terres. Epuisé d'efforts pour
faire marcher ensemble tant de systèmes
contraires, ses œuvres et lui périrent sans
laisser de vestiges. La légitimité, gage de
conciliation, conserva honneurs anciens
et honneurs nouveaux. En cela on ne saurait trop la louer. Mais il arriva de cette
abondance d'honneurs comme de l'argent, qui, jeté en masse sur la place,
perd de sa valeur. Cependant l'équilibre
fut bientôt rétabli, et quelques jours
sont à peine écoulés, que la justice in-
tervenait entre des gens trop habiles à
vendre les honneurs et d'autres trop ardens à les acheter (1825).

DE

L'HABILETÉ.

DE L'HABILETÉ.

L'HABILETÉ se constate, mais ne s'enseigne pas. En effet, au lieu d'être une qualité précise et soumise à des règles positives, l'habileté n'est à proprement parler que l'emploi toujours bien entendu de certaines qualités ; quelquefois même, de toutes les qualités qui subjuguent une époque.

Vous avez dirigé le siècle ou les peu-

ples qui vous ont vu naître; c'est que vous
étiez doué de ce discernement rapide qui
découvre sur-le-champ l'endroit où l'ennemi est sans défense; vous avez rallié la
foule autour de vous, c'est que votre cœur
battait au mouvement qui devait l'entrai-
ner. Ainsi, pour posséder la plus vulgaire
habileté, il faut d'abord être l'émanation
complète de son temps. J'ai lu avec attention les mémoires que nous ont légués
les hommes de génie, qui, tour à tour,
ont dominé les affaires publiques. Sans
doute leur vie entière a été dévouée au
triomphe d'une idée principale; mais,
écoutez ensuite ces mêmes hommes dé-
posant dans leur propre cause, ils vous
avoueront qu'en présence de chaque difficulté, c'est toujours une inspiration

inattendue qui leur a envoyé le langage
et la résolution qui ont décidé du succès.
L'histoire serait donc inutile à étudier?
Non; parce qu'il y a une habileté d'un
jour comme une habileté d'un siècle : la
première tourne au profit de l'individu ;
la seconde tourne au profit des masses.
Le prince, le véritable ministre médite-
ront les annales de l'histoire, parce qu'elles
dérouleront à leurs yeux les grands jours
marqués par l'habileté des hommes forts;
puis ils mettront la main à l'œuvre, et
s'ils possèdent de naissance ou reçoivent
des événemens l'instinct d'une habileté
toujours présente, ils rattacheront leur
grandeur à celle des siècles passés ; pour
mieux dire, ils l'accroîtront; seulement
l'habileté qui leur a été propre, conser-

vant toujours son caractère particulier, servira un jour à classer leur gloire.

L'habileté est de rigueur jusque dans les simples rapports de famille. N'est-on pas forcé de se défendre soit contre les défauts, soit contre l'excès des bonnes qualités de ceux qui nous entourent et nous aiment : là néanmoins, le cœur doit aussi tenir beaucoup de place. Pour être délicieuse, il faut que la vie privée, elle-même, soit un mélange d'abandon et d'habileté.

Je le répète, l'habileté, à toutes les époques, manque constamment de ce que nous appelons *unité*. Au milieu des hasards de la guerre, le courage des par-

tisans se soumet à plus d'une sorte de
calculs : avant de s'élancer dans l'espace,
il n'en mesure pas que l'étendue. Ce qu'il
faut seulement reconnaître, c'est que,
suivant les circonstances, il y a dans l'habileté une qualité tellement supérieure,
qu'en les réunissant elle dispose de toute
l'énergie des autres. Ainsi armée, elle a
toute chance de rester victorieuse, parce
qu'elle oppose plusieurs forces à une force
qui souvent est unique.

Les femmes, dans la famille comme
dans la société, ont la prévision des détails ; elles savent sur quel point peuvent
se réunir, pour un instant, deux caractères opposés : il y a plus, elles inter-
viennent souvent, heureuses alliées, entre

les antipathies les plus violentes. Voilà où les femmes triomphent : veulent-elles s'élever jusqu'aux affaires publiques, elles échouent. Aussi, leur arrive-t-il de régner soit par la naissance, soit par la beauté, elles compromettent tout, parce qu'en général, elles descendent à séduire, lorsqu'il ne s'agit que de commander.

Habileté plus apparente que réelle : celle qui au lieu de détruire un vice, un mal ou un obstacle, ne réussit qu'à les déplacer. Ceux-ci repoussés en détail, se forment en troupe, surprennent tôt ou tard la fausse habileté qui devait les étouffer, et la tuent à l'improviste elle et ses œuvres.

Il est des jours où tout est péril, même

pour l'expérience la plus consommée : on
m'entend, c'est de *restauration* qu'il s'a-
git. Les princes auxquels on a ravi le pouvoir, en recouvrent-ils la possesion, se
trouvent aussitôt entourés de toutes les
difficultés qui naissent de deux positions
différentes, je devrais écrire hostiles. Il
faut qu'ils devinent les sentimens, les
besoins, les passions et les intérêts, loin
desquels ils ont long-temps vécu ; il faut,
en outre, qu'ils les concilient avec les intérêts et surtout les préjugés qui, au jour
du malheur, sont venus leur offrir aide
et dévoûment. Ce n'est pas tout, depuis
trois siècles, le pouvoir en Europe a tant
d'appuis, a disposé de si grandes ressources, que quand il tombe c'est toujours par la faute de ceux qui en jouis-

sent. Enfin, c'est un vieillard usé dans l'exil qui désormais va être forcé de réédifier ce que n'a pu maintenir sa jeunesse. A sa place possédez-vous un jeune prince, eh bien! dans sa première ardeur, il a des souvenirs à réaliser ; quelquefois des vengeances à exercer. Maintenant la bonté du souverain est-elle une fois bien reconnue, on ne saurait avoir trop d'indulgence pour des fautes souvent inévitables ; et ne jamais oublier que la création du pouvoir coûte bien moins à opérer que sa restauration. La première ne suppose qu'une ou deux qualités supérieures ; la seconde les exige toutes.

L'habileté use quelquefois de tromperie ; mais c'est pour elle une extrémité si déplorable, qu'en cas de récidive, elle est perdue sans ressources. Dans les affaires d'état comme dans les affaires d'argent, on n'est fort que par la confiance générale, et on n'acquiert celle-ci que parce qu'à la minute même on a tenu juste à chacun tout ce qu'on lui a promis.

L'habileté, pour se montrer sous des aspects opposés, n'en est pas moins parfaite. Il en est qui ont besoin de calme pour méditer leurs desseins, que troublerait le bourdonnement des mouches, et qui se tiennent à l'écart au moment de l'action. D'autres ne conçoivent et ne réussissent que devant les résistances : le bruit du canon, les cris de rage enflamment et grandissent leurs facultés. La

première habileté est celle de l'homme
d'état, la seconde est celle de l'homme
de guerre.

Il y a des périls qui éclatent si subits,
que ceux qui ont le plus d'habileté pour
conduire les États, reculent d'abord.
Mais revenus vite de leur première surprise, ils proclament tout haut le mal et
le remède : alors les masses se précipi-
tent à leurs secours, et le triomphe n'est
plus douteux. Ainsi l'habileté ne surmonte les périls les plus extrêmes que par
la franchise. Voilà sa qualité supérieure,
puisque c'est elle qui en définitive la rend
nationale.

Il y a deux conditions qui concourent

d'une manière indispensable au succès : la pensée qui conçoit et la mesure qui exécute. A bien dire, leur réunion est indispensable. Parmi nous l'habileté profonde renferme donc tout à
la fois l'utilité et la mesure; de telle
sorte , qu'après s'être fait place dans
le présent, elle s'éternise quelquefois dans
l'avenir.

J'ai pitié de ces hommes qui, bour-
soufflés d'une force provisoire, s'imaginent qu'entre leurs mains, l'habileté doit
être la violence. Enfans gâtés d'une fortune inattendue, ils prennent la règle
pour l'exception, et veulent, en marchant
de hasards en hasards , arriver à la sécurité et à la durée.

Dans le commencement d'une profonde conviction réside en général le germe de toute habileté. Alors nos facultés sont tellement pleines d'ardeur et de pénétration, qu'elles esquivent ou écartent tous les obstacles. Voilà ce qui explique comment, dans la première ferveur des idées religieuses ou politiques, les femmes et les jeunes gens ont tant d'habileté : qui veut fort et souvent finit toujours par réussir.

L'ancienne civilisation a cédé à la force sauvage des Germains, parce qu'au lieu de pcsséder l'habileté de la pensée, elle ne comptait que sur les ressources d'une administration tout à la fois brutale et matérielle : inspirer la terreur pour mieux

rançonner tel était son secret. Les Germains, au contraire, préféraient abattre
l'ennemi à la joie de recueillir ses dépouilles. Ils voulaient d'abord triompher
par le courage, afin de mieux commander ensuite : c'est par l'habileté du cœur
qu'ils sont restés maîtres du monde.

L'habileté moderne combat les sauvages avec les vices qu'elle leur inocule :
pour n'avoir plus à les craindre, elle les
met en dehors de l'humanité. La religion
chrétienne, de son côté, instruit et console les sauvages, parce qu'elle a soif,
en attendant mieux, de leur gagner d'a-
bord une place dans la civilisation. Certes, entre ces deux espèces d'habileté il
y a une différence prodigieuse. D'où cela

20..

vient-il ? Je vais vous l'expliquer : l'une,
habileté de la politique, oublie tout,
pour mieux esquiver le péril qui menace;
l'autre, habileté de la foi, adoucit le
présent pour mener plus sûrement à
l'éternité.

L'habileté, dans ses résultats, doit
moins à ce qu'elle vaut en elle-même qu'au
caractère particulier des peuples. Le temps
jusqu'ici n'a pu faire fléchir sous le
poids des années la théocratie de l'Inde.
Du haut de son immobilité, elle regarde
à peine les révolutions et les conquêtes,
et les laisse passer sans se soucier de les
compter. Nul doute, la théocratie de l'Inde,
considérée d'une manière générale, est
dépourvue de raison ; mais elle est pleine

d'harmonie relativement aux masses qui l'ont inspirée. Dans les contrées où l'on réfléchit peu, les croyances ne doivent être que des sensations : aussi, dans le midi, sont-elles indestructibles comme les monumens des arts; alors l'habileté d'un siècle est celle de plusieurs siècles : comme les pyramides, le ciment est tel que de la première à la dernière pierre tout fait corps.

L'habileté en Europe a une destinée différente; en général ses œuvres bien raisonnées durent peu, parce que l'activité d'esprit est telle parmi nous qu'une pensée neuve en crée sur-le-champ mille autres qui l'étouffent à force de la perfectionner. Où l'habileté devait-elle être sûre

de ses conquêtes? dans les sciences physiques. Eh bien! là un prodige est toujours renversé par un prodige nouveau.
Les routes en fer condamnent les canaux
à rester abandonnés; les voiles qui jadis
poussaient si rapidement les vaisseaux,
sont vaincues par la vélocité de la vapeur.
Enfin l'Europe donne l'impulsion au
monde, parce que son habileté est aussi
féconde que mobile : elle invente et améliore tout à la fois.

Les femmes, quand elles ne sont plus
de la première jeunesse, possèdent presque toujours dans les rapports de la vie
ordinaire une profonde habileté. Jadis
elles commandaient ; maintenant elles
s'insinuent. En proie à une idée fixe, elles

s'avancent d'un succès à un autre ; jusqu'à leur persévérance : tout devient flexible. Les obstacles s'accumulent ; elles transigent avec eux ; mais pour en obtenir quelque avantage. Tout à la fois ardentes et mesurées, elles glissent dans la conspiration de leurs intérêts personnels, ceux mêmes qui devraient en combattre le triomphe. Enfin, elles réusissent parce qu'elles parviennent à faire de leurs plus redoutables ennemis, leurs plus dévoués soldats.

J'ai découvert dans les relations politiques de l'Europe une habileté dont on ne parle pas, parce qu'elle fait peu de bruit. Elle se compose plutôt de patience que d'action ; ce qu'elle perd, elle en

tient exactement date : elle sait tout à la
fois souffrir et attendre. C'est ainsi que,
depuis longues années, l'Autriche s'est
agrandie par ses revers; à fin de compte,
c'est toujours aux vainqueurs qu'elle im-
pose toutes les dépenses. Bref, dans ses
désastres savamment exploités , elle a
rencontré le secret de sa fortune toujours ascendante.

L'habileté dans son propre intérêt doit
s'appuyer sur les doctrines, les opinions
et les sentimens généreux. Sans doute ,
elle peut en réunissant de pareilles conditions ne pas obtenir toujours la reconnaissance publique; mais elle est sûre de
mieux. Fécondant l'état à sa racine, elle
en perpétue la splendeur.

DES COTERIES.

DES COTERIES.

De nos jours on ne parle des coteries
que pour les dénigrer. Il n'est pas jusqu'aux écrivains qu'elles ont le mieux
servis, qui ne leur décochent en passant
certains traits dont elles n'ont guère à se
louer : rien de plus ingrat que ceux dont
on a fait la gloire. Eh bien ! sur leurs
œuvres jugeons les coteries. D'abord,
sans les lettres, où en serait la civilisation moderne? à son enfance. Mainte-

nant, pourquoi les lettres ont-elles fait des progrès si merveilleux? C'est que les hommes qui d'origine les ont cultivées parmi nous, avaient deviné d'instinct la puissance des coteries ; ils ne se communiquaient leurs œuvres que pour se louer tout à l'aise. Grâce à cette méthode, les coteries prospérèrent si vite qu'elles ne tardèrent pas à enfanter les académies, lesquelles à leur tour improvisèrent partout les sciences et les diplômes, les arts et les jetons, les éloges et les pensions. Ce premier pas fait, les académies parvenues à leur apogée, aidèrent dans le siècle dernier à créer les partis qui, avec le temps, nous ont donné la révolution ; laquelle nous a valu le gouvernement représentatif. Et voyez comme il se mon-

tre fidèle à son origine, puisqu'il ne repose que sur une sorte de louange réci-
proque. Aussi les ministres qui le dirigent ne songent-ils qu'à recruter des ad-
mirateurs auxquels, de leur côté, ils ne
refusent rien. Parmi ceux-ci, les uns,
qui savent parler, les louent tout haut;
les autres, qui ne savent que voter, les
appuient tout bas. Succès universel, car
si l'éloge coûte un peu cher à la masse,
en retour il rapporte beaucoup à ceux
qui le reçoivent comme à ceux qui le
donnent. Les coteries s'appellent alors
majorité : on change de nom quand on a
fait fortune. Mais après avoir démontré
l'importance réelle des coteries, qu'on
me pardonne si j'en révèle quelques défauts : point de chef-d'œuvre sans tache.

Dans la littérature et les arts, il faut marcher seul pour arriver à la gloire, et encore le génie lui-même ne la rencontre-t-il qu'à la fin de sa carrière. Certains hommes ne savent pas attendre; en conséquence, ils se forment en coteries, et enfantent chaque matin de petits succès qu'ils se distribuent tour-à-tour. Du reste, ne laissant aucune véritable création, à force de réussir en détail, ils meurent tout en entier.

Les coteries sont plus ou moins redoutables, suivant l'état particulier de la société où elles existent. Ainsi à la cour d'un prince absolu, les coteries vivent sans cesse parquées dans son antichambre, parce que c'est là seulement que

chacune d'elles peut saisir le moment favorable pour glisser au maître le favori
qui doit le dominer. A peine arrivé, celui-ci cherche à maintenir et étendre sa
fortune, dont il partage d'ailleurs le superflu avec ses amis. Tels sont les soins
qui l'absorbent, tandis que les affaires
obéissent à la direction que leur impri-
ment les hommes employés en sous-ordre. Mais le prince est las de son favori,
il faut lui en donner un nouveau; alors
révolution complète dans le personnel de
l'antichambre, mais l'état reste immobile.
Au contraire, sous les gouvernemens où
l'opinion doit servir de règle, pour qu'une
coterie arrive à la domination, il faut
d'abord qu'elle ait tout faussé. Aussi ne
peut-elle se maintenir qu'en désolant

chaque jour les intérêts généraux, les
pensées nobles et grandes, enfin tout ce
qui recèle indépendance et vérité. Bref,
la coterie régnante inocule au gouvernement toutes ses petites vues, le plie à
toutes ses misérables faiblesses, et le ra-
valant, au bout de quelques années, au-
dessous de sa propre dégradation, ne lui
laisse plus même de rang.

Il faut avoir prodigieusement d'esprit
pour détruire une coterie en faveur,
même celle qui n'est que littéraire. D'a-
bord, avant de la rendre ridicule, on
doit sacrifier beaucoup de temps à rassembler les rieurs. Puis si l'on est seul,
de quelle manière percer jusqu'au public? Enfin, à défaut de talent, chaque

coterie a certain savoir-faire qui, prenant toutes les formes fait tourner à son profit toutes les circonstances. Avant donc qu'un seul homme puisse abattre une coterie, celle-ci, au préalable, a multiplié à l'infini ses fautes : les grands coups, les coups mortels sont partis de sa main.

Les sectes religieuses inspirent de profondes convictions, et les partis enfantent des intérêts dont la grandeur étonne. Alors, l'air est si vif dans la société, que pour se conserver, les coteries restent enfouies. Mais au premier instant favorable, elles recrutent les infériorités sans emploi, et de leur nombre effacent un instant les convictions profondes et les

intérêts majeurs. Quelquefois même,
elles divisent tout à l'infini, et, grâce à
elles, un peuple s'engloutit imperceptible dans l'histoire.

Je me renferme un instant dans la littérature, et je soutiens qu'il ne faut demander aux gens de coteries ni justice ni
discernement. Anéantis dans l'exploitation de leurs petits triomphes, ne croyez
pas qu'ils accordent même un regard à ce
qui naît en dehors du cercle que s'est
tracé leur admiration : au - delà commence pour eux la barbarie. Adversaires
frénétiques de toute œuvre qui ne leur
appartient pas, ils déversent sur elle
la haine, le mépris, le dédain et les
injures. En dernière analyse, ils se per-

pétuent Procustes éternels de la pensée
humaine.

Avant la révolution , il y avait en
France coteries à la cour , coteries dans
les lettres , coteries dans la haute société,
coteries dans la magistrature. Mais sauf
quelques légères différences , il existait
dans ces diverses coteries une sorte de
similitude : c'était le besoin d'une réforme générale. Et comme il était partagé
par toutes les classes , les coteries furent
débordées par les masses et englouties
dans les partis. Je l'avoue , de grands
excès en résultèrent : on aurait pu les
éviter. Néanmoins quelques hommes, dé-
daignant parmi nous la multitude des
partis , les repoussent pour se constituer

21..

en coterie ; c'est préméditer le meurtre
de la France. En effet, si le pouvoir se
met à la tête d'un parti, il peut diriger
la force qu'il en reçoit, et faire ainsi tête
à l'autre. Mais s'il flotte entre les deux
partis qui divisent la population, n'étant
escorté que d'une coterie, qu'arrivera-t-il?
Celle-ci, vouée à ses intérêts, ne sera
pas utile au pouvoir. D'un autre côté,
dans l'impossibilité de faire disparaître les
partis, elle les désespérera. Alors, tôt ou
tard ils se réuniront, et dans leur première violence ils emporteront non-seu-
lement la coterie en faveur, mais jusque
dans ses fondemens ébranleront le pouvoir.

Les femmes possèdent toutes les qualités qui créent les coteries et constituent leur splendeur. Elles ont l'enthousiasme rapide et le discernement court ; en outre l'afféterie règne dans leurs idées. Enfin, pleines de tact, d'adresse et de liant, elles adoucissent l'aspérité des prétentions les plus exigeantes. En littérature, en politique et même en religion, les femmes ont donc toujours présidé à la naissance des coteries, et veillé sur leurs premiers pas. Il y a plus : sont-elles privées des séductions que les femmes exercent à leur profit, les coteries tombent sur-le-champ: la base leur manque.

On aurait tort de croire que les gens de coteries, quelquefois si modestes dans leurs prétentions, ne vouent pas à leurs

adversaires une haine éternelle; seulement, au lieu de faire éclater leur vengeance, ils la retiennent pour la placer à
propos. Si les sectes religieuses brûlent,
si les partis massacrent, c'est en général
l'effervescence d'un moment ; mais les
gens de coteries, blessés dans leur vanité,
transmettent leur rage de génération en
génération, et le jour venu, elles proscri-
vent jusqu'à la poussière des tombeaux.

Il faut convenir qu'il est fort adroit
d'avoir mis le succès en compagnie d'as-
surance, de sorte que chacun palpe tour-
à-tour son petit dividende de renommée.
Ensuite, fait-on une sottise, aussitôt elle
est justifiée. Sur tous les points, on a des
orateurs qui vous défendent dans la socié-

té, et des journaux qui vous exaltent dans le public. Enfin, on a tant d'échos à son service, qu'à force de bruit on fait taire le courage même des sages.

Quand un prince monte sur le trône, à l'époque où une coterie domine, il ne lui reste qu'une seule mesure à prendre : appeler autour de lui tout ce qui est grand et généreux. Les véritables supé-riorités sociales verdissent alors si majes-tueuses et si étendues, qu'il n'y a plus place pour les coteries; elles meurent étouffées entre la force et l'opinion.

Une dernière réflexion : A l'époque où la littérature était étrangère à la politi-que, les coteries employaient tous leurs

efforts pour faire tomber les gens de génie
au commencement de la carrière ; puis
elles finissaient par subir leurs triomphes
et leurs sifflets. Maintenant que les lettres sont mêlées à tout , les coteries qui ,
dans leurs attaques , compromettent le
sort de l'univers, sont plus qu'un ridicule; je les dénonce fléau universel de la
civilisation.

DES MŒURS.

3

DES MŒURS.

MOEURS : signalement général de la France à jour fixe ; collection d'habitudes qu'elle reçoit à l'improviste ; dont elle se pare avec plaisir le matin et qu'elle quitte le soir avec empressement.

Le véritable drame de nos annales se cache au sein de nos mœurs ; c'est là qu'il faut fouiller pour rencontrer le mouvement, la vie et l'intérêt ; dans cette mine

tout est pittoresque parce que tout est
contraste, saillie et changement. Nos his-
toriens au lieu d'étudier la mobilité de
nos attitudes populaires ont fait poser
devant eux quelques hommes qu'ils ont
peints en grande cérémonie. Aussi est-ce
en vain qu'on cherche dans leurs récits
la physionomie de la France; a sa place
on n'aperçoit que quelques grandes figu-
res qui en réalité ne sont d'aucun temps
ni d'aucun pays. En résumé, la nationalité
ne se trouvant nulle part, l'ennui s'est
glissé partout.

Le courage militaire des français est
admirable; mais sous des formes moins
brillantes on le reconnaît aujourd'hui
chez tous les peuples de l'Europe. Nous

sommes cependant la première nation
du monde pour enlever d'assaut les plus
difficiles conquêtes; d'un seul bond nous
franchissons tous les obstacles. Après
notre valeur arrive la séduction de nos
mœurs; nous devenons tout à coup les
concitoyens des peuples que nous avons
vaincus; sans aucun effort nous sem-
blons disparaître dans leur nationalité.
Mais il nous est impossible de persévérer
long-temps dans une conduite aussi sage.
A peine commençons nous à connaître
les mœurs nouvelles au milieu desquelles
nous vivons que nous les comparons
aux nôtres et par une fatuité inévitable
nous donnons la préférence à ces dernières ; nous faisons plus nous tombons
dans un persifflage perpétuel qui se mê-

lant à tous les détails de la vie nous rend bientôt odieux; nous désespérons par la plus insupportable tyrannie, celle de l'esprit; et on nous hait d'autant plus qu'on ne peut réussir à nous répondre. Ce que les français ravissent en quelques heures par l'élan de leur courage et le charme primitif de leurs mœurs, ils le perdent en quelques semaines par le piquant de leurs railleries : elles déchirent plus cruellement que la pointe de leurs épées.

La véritable puissance d'un état ne consiste point dans une armée nombreuse et bien disciplinée, ni dans des lois sages et fortes, ni dans une administration active et intelligente. Si je puis m'exprimer ainsi; ce ne sont là, que les organes du corps social : les mœurs seules en constituent la pensée.

L'Europe a long-temps possédé la plus admirable des civilisations : elle valait beaucoup parce qu'elle n'avait pas été délibérée.

Les événemens de chaque siècle ont long-temps apporté à chaque peuple de notre continent des améliorations successives et de genres tout opposé. Les habitudes avaient été se perdre et se fondre dans ces diverses améliorations : c'était le citoyen et l'homme se réunissant dans le même ensemble.

Méditez le mécanisme de la république Hollandaise* au xviie siècle; quelle complication de rouages! quelle confusion de principes! ils sont en outre tous hostiles les uns aux autres : c'est un spectacle qui donne le frisson. Mais les mœurs du pays étaient une législation en permanence qui remédiait à chaque difficulté ; ces mœurs changent – elles complètement ? la république hollandaise disparaît : elle a fait son temps.

Toute république qui est dépouillée de ses vieilles mœurs se réfugie dans le pouvoir monarchique; la Hollande en est une preuve. L'unité des mœurs politiques est-elle perdue, on appelle à son

* Dite des provinces unies.

secours la volonté d'un seul homme.
Mœurs politiques ou prince, c'est toujours un pouvoir; et là où je n'aperçois
pas de pouvoir, je ne reconnais plus de
peuple.

Le grand malheur de la restauration en
France, c'est de n'avoir voulu nous faire
que du bien; elle s'est crue quitte en
nous rendant riches, libres et heureux*; elle n'entendait rien à flagorner
les petites susceptibilités du pays : elle
connaissait bien nos intérêts; mais mal
nos mœurs dans leurs vanités : enfin
elle nous a traité trop en peuple raison-

---

* C'est dans l'ensemble de ses actes que je considère ici
la restauration.

nable ; c'est une faute qu'elle a payée cher.

J'écris pour être vrai , et je déclare que nous n'avons la conscience ni des bonnes ni des mauvaises mœurs : seulement nous possédons tour à tour l'imitation des unes et des autres.

Il y a dans ce moment parmi nous une certaine apparence d'ordre et de régularité dans les rapports ordinaires de la famille. On pourrait croire que nos mœurs privées sont bonnes ; je crains qu'on ne se trompe. L'égal partage des biens nous a tous réduits à travailler pour vivre ; nous subsistons au jour le jour : ce sont les revenus qui manquent à nos vices.

Notre ton depuis deux ans est devenu austère, nos manières sont rudes ; mais nos mœurs sont toujours restées les mêmes : nous sollicitons des places pour augmenter des jouissances.

Le pouvoir devient fort en France, s'il est assez habile pour amuser la vanité nationale avec des mots, en même temps qu'il modifie les mœurs par des institutions politiques. Buonaparte prêchait tout haut l'égalité, et il faisait les banquiers et les marchands de Paris, barons et comtes ; il appelait le peuple entier dans ses camps et le décimait au profit de ses conquêtes ; heureux vainqueur, il étouffait toutes les espèces de libertés pour les remplacer par tous les genres d'oppression. Il est

22..

vrai que dans les crises, il se proclamait
serviteur de la souveraineté du peuple. Il
n'en fallait pas plus, et la France ivre de
joie lui battait des mains.

Les femmes belles et vertueuses créent
l'empire des bonnes mœurs; au logis elles
les mêlent à toutes les habitudes et à tous
les sentimens de la vie ; dans le salon elles purifient par leur présence toutes les
séductions du cœur. Leur puissance est
si grande qu'elles mettent quelquefois
tous les devoirs à la mode.

La multiplicité des journaux est salu-
taire pour conquérir des libertés et défendre des intérêts ; mais elle est nuisible
à la stabilité des mœurs chez les peuples.

Cette multiplicité des journaux ne vit que de changemens, d'essais et de mobilité ; elle dégoûte les peuples de leurs mœurs et de leurs institutions ; c'est un prodige qu'elle a déjà opéré au sein de la vieille immobilité britannique : j'en tire le présage d'une agitation universelle pour le globe.

Je fais un retour vers la France actuelle. En politique tout nous ravit d'abord pour nous fatiguer bien vite. Désormais on ne pourra nous conduire long-temps ni par la force ni par la persuasion ; nous briserons la première ; nous échapperons à la seconde. En réalité nous courons grand risque d'être incessamment rayés du catalogue des peuples. Encore quelques années nous formerons des provinces; mais plus une nation; les mœurs gouvernementales nous manquent.

Il y a une déplorable contradiction entre nos idées et nos mœurs : par les unes, nous rêvons ce qu'il y a de plus sublime; par les autres, nous sommes ravalés au dessous de ce qu'il y a de plus bas : nous avons l'esprit républicain et les habitudes serviles. Le matin nous aspirons à une liberté sans limites et à midi nous rampons dans l'antichambre. N'attendrions-nous que l'or et le fouet du maître? je ne sais ; mais qu'il vienne et peut-être obéirons-nous s'il paie argent sur table.

DE

LA FINESSE.

DE LA FINESSE.

—◦◆◦—

Finesse : qualité auxiliaire qu'un seul rapprochement fait juger ; au lieu de prétendre toujours à vaincre, elle n'aspire en général qu'à ne pas succomber.

Dans bien des circonstances, la finesse n'est que la dernière ressource de quiconque est dépourvu sinon de courage, du moins d'armes.

Sous le règne du pouvoir absolu, on s'avise de la finesse, parce qu'il faut d'abord se conserver. Au contraire, sous l'empire du pouvoir devenu légal, on se présente toujours avec franchise : en sùreté sur soi, on ne s'occupe plus que des autres.

Dans les rapports ordinaires de la société, on a tant de prétentions à glisser qu'il faut avoir de la finesse ; avec elle on séduit ceux que l'on ne pourrait abattre.

Les jeunes filles ont de la finesse pour triompher de leurs rivales, et de l'abandon pour charmer leurs amans; elles veulent faire mal aux unes et plaisir aux autres.

Les ouvrages de littérature marqués
au coin de la finesse, n'amusent qu'aux
premières pages. On aime à se sentir à
l'aise quand on lit, et il faut se faire trop
petit pour passer même une heure avec
un écrivain qui s'est comme englouti dans
la finesse.

Au xixe siècle, la finesse ne doit pas
compter au nombre des qualités de
l'homme d'État; tout au plus est-elle
pour lui un moyen dilatoire, et dont il ne
se sert qu'en attendant qu'il soit tout-à-
fait prêt.

La finesse est avantageuse à certaines
femmes, celles qui prétendent tirer de
nous de grands avantages; cär il faut qu'el-

les nous trompent vite, pour nous tromper beaucoup.

Dans les affaires d'intérêt, la finesse
est courte. En effet, du jour où elle réussit, elle est condamnée à mort : on peut
même dire qu'il n'y a pas de sursis pour
elle.

On a écrit sur les ruses de guerre; mais
avec la finesse qu'on leur prête, on n'a
jamais formé un général : c'est le champ
de bataille qui l'improvise.

Quelle fatigue ne donne pas la finesse!
ce sont des succès continuels à remporter.
Aussi dans l'intrigue qui a pour base la
finesse, on arrive rarement aux cheveux

gris : la caducité atteint avant même l'âge
mûr.

A-t-on à disputer avec des gens pleins
de finesse, il faut débuter par ses plus
forts argumens : alors on les écrase d'un
seul coup.

La femme qui nous aime réellement a
beaucoup de finesse pour découvrir nos
infidélités : dans ce cas, elle tourne à
son profit la finesse qu'elle aurait pu em-
ployer à nous tromper.

On n'a place dans l'histoire, que par le
dévoûment, le courage, les sacrifices et
la grandeur d'âme. Je ne nie pas que dans
ces grandes qualités, la finesse ne se glisse

quelquefois ; mais par cela même qu'elle est mêlée à des résultats véritablement grands, elle devient si imperceptible dans l'histoire, qu'on ne l'aperçoit plus.

Les gens du peuple, et surtout les paysans ont un genre de finesse qui leur est particulier; dans la crainte d'être dupés, ils commencent toujours par tromper.

Dans les rapports du citoyen à l'état, la finesse expire, du moment où la liberté légale touche à son apogée. Aussi on a moins de finesse à Londres qu'à Saint-Pétersbourg, et à Saint-Pétersbourg qu'à Pékin.

DU MALHEUR.

DU MALHEUR.

―――――

Je voudrais qu'on enseignât aux hommes, non pas comment s'évite le malheur, mais bien comment on en profite; c'est ce dernier point qu'il importe de connaître : autrement, sans jamais la comprendre, on épuise la vie. La sagesse détourne de certaines passions qui engendrent le malheur, d'accord; mais lorsqu'il arrive de lui-même, peut-elle l'arrêter? A son heure marquée, il fond à l'improviste; soyons

donc toujours préparés. En politique, il
y a paix et tranquillité aujourd'hui*; mais
un mouvement si prodigieux est imprimé
par la civilisation ; l'industrie est si puissante pour créer et détruire, que la mobilité la plus effrayante se mêle à toutes
les destinées. Loin de se reposer, cette
même mobilité doit nous entraîner et
nous vaincre encore pendant de longues
années ; ainsi on tombe vite et de haut
au xixe siècle. Cependant l'éducation ne
nous a jamais moins façonnés pour le
malheur. Menace-t-il, on détourne la vue,
comme si, cessant de l'apercevoir, on n'a-
vait plus à le craindre. A défaut de l'éducation, que le moraliste fasse entendre sa

* 1825, 4e édition.

voix, sans doute la foule ne se pressera pas
autour de lui, puisque désormais, pour
réussir, il faut d'abord se simuler un succès, et que, lorsqu'il frappe même, le
malheur est renié. Qu'importe, le moraliste travaillera pour l'avenir; si ses leçons
ne prospèrent pas auprès de l'âge qui en
a besoin, elles seront accueillies par la
génération suivante; et sur-le-champ
elle en prendra texte pour accuser ceux
qui l'ont précédé; c'est ce qu'on appelle
savoir faire habilement son entrée.

Avant que le grand siècle parut, il y
avait aussi chez nos pères instabilité véritable. La force alors luttait contre la
force. Dès l'enfance livrés au froid et au
chaud, les membres étaient endurcis con-

tre toutes les saisons. Les femmes elles-
mêmes, au milieu des rigueurs du plus
impitoyable hiver, ne concédaient le feu
qu'aux vieillards, aux infirmes et aux ma-
lades ; aussi s'agissait-il de soutenir une
croyance, de défendre un intérêt, rien ne
pouvait arrêter ; on courait aux armes ;
hommes, opinions, tout était de fer : on
était brisé, on ne ployait jamais. La société était violemment agitée ; qui le nie?
mais la même verdeur de caractère dont
elle avait souffert un instant la remontait
plus haut qu'elle n'avait été jadis. Aujourd'hui tout est changé ; on ne lutte
plus contre le malheur ; comme il ne se
présente que sous une forme unique,
il ne touche que pour abattre. A bien dire,
le malheur, le dernier degré du mal-

heur, c'est d'être dépouillé tout à coup
des douceurs du luxe, de renoncer à des
ameublemens éclatans ou à des dignités
qui différencient. Jadis c'était pour diriger la société qu'on disputait la gloire
du commandement; au xixᵉ siècle on
n'aspire au pouvoir que pour s'eni-
vrer de vanité : on lui livre en otage
doctrines, devoirs et intérêts nationaux.
L'heure du sacrifice arrive, on n'est plus
homme, on chancelle, on disparaît sans
que le monde même recueille le bruit de
votre chute. En définitive, le malheur
autrefois était grand, parce qu'il en nais-
sait d'illustres catastrophes ou d'intrépi-
des résistances. Pour nous, peuple dominé par l'industrie, nous ne bravons
que les périls d'une expédition qui rap-

porte ou d'une campagne qui *avance*.
Bref, le malheur, est devenu horrible,
parce qu'il est entré tout entier dans la
vanité ; la vanité, qui, poursuivie sans
cesse par ses vieux souvenirs, ne se rap-
pelle que pour faire souffrir.

Un homme de nos jours a troublé le
monde ; victoire, royaumes et gloire, il
a tout enlevé, il a tout perdu ; il a plus
fait que d'exploiter le bonheur, il en a
étendu l'espace ; poussant au-delà de sa
dernière limite, il a posé dans le malheur
où il s'est englouti tout entier. Eblouissant
pour nous, il comparaîtra effacé devant
la postérité ; ses immenses travaux, ses
grandeurs infinies, tout cela glissera sur
la mémoire. On sourira aux saturnales de

son bonheur; elles resteront les contes
de l'histoire. Cependant, pour fixer sa
place, on le jugera non pas la veille, mais
le lendemain de son malheur. Homme de
son temps, il aura possédé ce qui surprend, mais ce qui périt dans la gloire ;
enfin, il ne sera pas à son rang, parce
qu'il aura eu tout, hors la dignité du malheur : la seule que ne puissent toucher ni
même vieillir les siècles.

Dans l'histoire contemporaine, j'aperçois une destinée toute différente ; ce
que nous appelons gloire et triomphe
lui manquent ; elle n'en avait pas besoin :
il ne lui restait à conquérir que le martyr du malheur ; elle l'accepte sans se
plaindre ; elle est sûre de ses forces. Ici,

il ne s'agit pas que d'un roi qui souffre ;
mais de sa famille toute entière ; et cependant, au milieu de tant de catastrophes qui ne varient dans leurs formes
que pour mieux se proportionner à ceux
qu'elles atteignent, respire une véritable
unité de douleur.

C'est d'abord un prince, qui, en possession d'un pouvoir pour ainsi dire sans
limites, en fait de lui-même un généreux
partage ; des cris de reconnaissance l'ac-
cueillent ; il donne et concède de nouveau ; alors on le dépouille comme roi ;
on l'outrage comme père de famille ; il
s'afflige de tant d'ingratitude ; mais il ne
la repousse que par ses vertus. Dans
cette lutte, sa couronne chancelle ; son

trône s'écroule ; il ne désespère pas de la
tâche qu'il a entreprise ; et réduit à en
appeler aux armes, il leur commande de
ménager ses ennemis : on le déclare coupable. Jamais homme ne fut époux et
père comme lui ; de minute en minute
la mort le serre et l'enveloppe ; il la voit
et la touche : c'est sa douleur la plus légère ; mais il songe à tous les maux qui
attendent sa famille qui le pleure, parce
qu'elle sait ce qu'il vaut ; il songe aussi
à son peuple, qui le maudit parce qu'il
n'a pu l'apprécier : de tant d'angoisses
qui le déchirent, il ne sort que le pardon ; il veut qu'il descende jusqu'au dernier de ses ennemis. Arrive le tour de sa
compagne : c'est en vain qu'on lui réserve
des accusations que le cœur d'une mère

n'avait pas encore connues; elle les fait
expirer des premières paroles qui jaillissent de sa conscience; et de la seule
dignité de son regard abat à ses pieds
l'ignominie qui la juge : ce devoir satis-
fait, elle pardonne. L'épouse est suivie
de la sœur; à son calme et à sa résignation, les bourreaux se réjouissent; ils
reconnaissent que c'est toujours le même
sang qui coule.

Après vingt-cinq années de misères et
deuil, cette famille tant de fois mutilée, est
rendue par la civilisation à son antique
splendeur; une surprise de soldat l'en
fait descendre; elle est bientôt remise à sa
place. Mais elle n'avait pas encore réglé
toute sa dette; quand l'échafaud l'oublie,

le poignard le retrouve ; elle se console
par le bonheur qu'elle répand autour
d'elle. Tout à coup éclate un désastre im-
prévu, c'est un vieillard qui pour la troisième fois quitte le sol qui l'a vu naître.
Dans ce cortége d'un malheur si persé-
vérant, apparaît une auguste femme qui
devait tant ajouter à la résignation dont
son père semblait déjà avoir épuisé l'é-
tendue ; puis c'est une mère accompagnée
de ses enfans ; elle part, mais sans pouvoir se détacher de l'avenir qui attendait
son fils ; plus tard, il la précipite dans
des périls sans fin ; elle les surmonte et
de son énergie étonne jusqu'à l'intrépidité
française. Enfin elle succombe à l'infortune héréditaire ; et sans nul effort, cède
et se plie aux maux qui depuis un demi-

siècle attendent ceux de sa race ; elle a le
secret de leur puissance contre le malheur ; sa prison la captive ; mais ne la
désarme pas : son courage lui reste.

Rien n'est à nous, honneur, richesses
et considération ; c'est un prêt qui passe
entre nos mains : adage, bon adage de
morale. Il en est cependant qui vieillis-
sent dans le bonheur ; d'autres le traversent, quelques-uns ne l'abordent jamais.
Eh bien ! pour ceux qui le possèdent,
découvrons le bonheur. La société, au
nombre de ses principaux appuis, place
la force : à ces trophées et à ses décora-
tions, elle attache la félicité humaine dans
ce qu'elle a de plus éclatant ; mais cette
même société, afin d'entretenir le géné-

ral , que ne refuse-t-elle pas au soldat?
Aujourd'hui on vante et on exalte les aris-
tocraties industrielles; elles enrichissent,
dit-on , le sol qui les porte , je le pense;
mais à quelles conditions? Voyez se pres-
ser autour d'elles une population hâve
et misérable, et qui, pour les enrichir, disparaît avant le temps. Franchissons les
distances, et descendons jusqu'au vulgaire
du bonheur. « Frères, qui, en 1832, avez
traversé les mers pour obéir aux caprices
de notre sensualité , levez-vous du fond
des abîmes, vous êtes convoqués en té-
moignage; vous tous les martyrs du bonheur , déposez en sa présence , vous lui
devez le secret de vos douleurs. Ah ! s'il
nous était permis de connaître ce que
coûte , même notre félicité de tous les

jours, elle nous ferait horreur, et, pour
en être amnistiés, nous voudrions en partager le poids avec tout ce qui nous en-
toure. C'est ainsi que, sondant à fond son
propre bonheur, on apprend la bienveillance pour tous.

Le malheur, chez certains hommes, développe tout à coup la sensibilité. Pleins
de courage avec les maux qui leur appartiennent, ils sont saisis d'attendrissement
pour toute douleur qui leur est étrangère.
Il est des positions si élevées dans la vie,
qu'on n'est sensible qu'à force de deviner.
Dans le malheur, au contraire, on sait
pour le moins tout ce qu'on souffre.

La révolution française mérite, sous le

rapport du malheur, d'être profondément
méditée. C'était elle qui devait prouver
que dans les grandes catastrophes les
apparences même les plus frivoles tiennent en réserve un éclatant démenti. Le
prince est menacé ; aussitôt des hommes
amollis dès le berceau, des femmes faibles et énervées, enfin toute une population nourrie dans les délices, se lève en
masse, bravant périls, douleurs et privations pour remplir les devoirs de la fidé-
lité. Les hommes, glorieux de leur ruine,
courent mourir au dehors les armes à la
main ; les femmes, qui ne peuvent combattre, répandent partout l'ardeur du
dévouement qui les enflamme. Restent-
elles au dedans, c'est pour conspirer une
légitime restauration : les découvre-t-on,

elles montent avec sérénité sur l'échafaud.
Moins le succès promet de récompenses ,
plus les classes supérieures luttent et pé-
rissent. Mais la révolution altérée de sang
en a soif plus que jamais ; elle décime
bientôt ses premiers partisans , honneur
des classes intermédiaires ; cependant
tous tombent pleins de courage. Ils s'é-
taient trompés , mais ils avaient foi dans
leurs doctrines , c'était plus qu'il n'en
fallait pour savoir bien mourir. Dépouillée
de sa force , la révolution passa sous le
joug des intrigans de la plume et de la
parole. S'identifiant à toutes les muta-
tions , ils égorgèrent avec la Convention,
pillèrent avec le Directoire , et républi-
cains , renégats , se gorgèrent de titres et
de croix sous l'empire. Long-temps ils

prospérèrent; mais Dieu se lassa d'une infamie si persévérante, et du même coup il les précipita avec la fortune de leur dernier maître. Pleurant dans toute l'Europe, ils la fatiguèrent du spectacle de leur lâcheté, et prouvèrent qu'après les bourreaux qui coupent et torturent, ce qu'il y a de plus méprisable au monde ce sont les sophistes qui, pour rouler dans l'or, multiplient les crimes en les justifiant.

Qui veut s'apprécier juste, doit désirer le malheur une fois dans la vie. L'accepte-t-on pour en jouir, on devient véritablement homme, et l'on se redresse jusqu'à sa hauteur. De quelle subite présence d'esprit on est doué! avec quelle

perspicacité on devine et tourne les
hommes à son profit! comme sans peine
on écarte ses propres passions! et avec
quelle aisance la raison et le courage s'é-
tendent bien au delà des maux qui nous
sont imposés! En affaires, en politique
et en guerre, c'est dans le premier revers
que se cache la vraie science du métier.
Si quelques-uns commandent à tous,
c'est que, profitant du malheur, ils ont
moissonné vite dans la seule saison où
pousse l'instruction.

Un malheur affreux vous frappe, mais
vous avez été juste avec vos inférieurs,
noble et grand avec vos égaux; vous avez
porté des secours et des consolations à
ceux qui en avait besoin. Vous avez fait

le bien, c'était votre inclination; alors
les souvenirs de votre vie passée s'emparent de votre mémoire et la remplissent
malgré vous. En éprouvant l'ingratitude
de celui-ci, vous vous rappelez que naguère vous avez sauvé ses jours. Celui-là
vous calomnie, mais vous l'avez défendu
contre la clameur publique; cet autre vous
outrage, mais jadis, pour lui être utile,
vous avez oublié votre élévation, vous
vous êtes incliné vers lui. Tout change
autour de vous, tout devient hostile, et
cependant vous vous sentez paisible. Le
mépris des hommes vous poursuit, il ne
vous entame pas; c'était pour les autres
que fructifiait autrefois votre bonheur :
vous ne le receviez que pour le distribuer.
Dès lors, vous donniez des arrhes à l'ad-

versité ; elle est venue , vous étiez en mesure. Les jugemens d'ici-bas changent et
varient ; l'estime qui vous avait aban-
donné, la justice qui vous avait été refu-
sée vous reviennent enfin ; vous rentrez
dans la société , décoré par votre malheur
même. C'était le dernier genre de supériorité qui vous attendait : vous avez pris
place dans l'élite.

J'aurais grand regret qu'on s'y méprît ;
sans doute chacun doit recevoir avec
courage et reconnaissance le malheur
que Dieu lui envoie. C'est la dette d'honneur, il faut l'acquitter sans regarder au
montant. Il y a plus , jusqu'aux témoins,
le malheur engage tout. Nous ne sommes
pas qu'habitans d'un même pays ; nous

ne faisons pas que parler la même langue ;
nous sommes plus que citoyens et frères ,
nous sommes chrétiens. En s'isolant en
soi, on amasse des jours ; mais vivre ,
c'est devenir créature sociale ; c'est en
accepter la destinée ; c'est en remplir les
devoirs. Des ennemis acharnés pour-
suivent l'innocent ; jetons-nous dans la
mélée : nous possédons le don de parler
et d'écrire ; faisons appel à l'univers. Le
pauvre qui nous approche ne peut nourrir
tous ses enfans : entrons dans sa chau-
mière , prenons par la main celui qui est
de trop ; il est le nôtre. Tel enfin est
malheureux, c'est sa faute ; il repousse le
repentir , il faut l'y ramener : alors, pour
mieux réussir , rendez tout séducteur.
Soutenir celui qui chancelle , c'est œuvre

vulgaire; mais demander sa part dans
l'adversité d'autrui, la réclamer d'autorité, enfin captiver le malheur pour le
purifier, c'est aller plus loin que le devoir :
c'est en recueillir les délices.

La force d'esprit, lorsqu'elle est seule,
peut un instant soulever au dessus du
malheur; mais pour y séjourner long-
temps et sans désespoir; il faut se réfugier
dans la famille : quand on souffre, on
n'est bien qu'entre soi. Avec quelle délicatesse la femme qui vous aime n'écarte-
t-elle pas les aspérités du malheur ! si elle
pleure avec vous, c'est en glissant à travers les larmes et les soupirs, les consolations qui relèvent, et les conseils qui
éclairent : en pansant vos blessures, elle

répare vos forces. Elle devine qu'il est des adversités sous lesquelles vous devez flé- chir ; alors elle ne s'adresse pas à votre courage : s'entourant des fruits de votre tendresse, pour leur faire comprendre vos maux, elle inspire à leur enfance une précoce raison ; et, pour sentir avant l'âge, elle avance leur cœur. Celui-là qui entend sangloter l'épouse de son choix et les enfans de sa tendresse, se trompe sur son sort, et il leur rend une espérance qu'à force de les aimer, lui-même partage un instant. Eh ! pourquoi désespérerait-il de l'avenir ? quiconque intéresse une femme à sa destinée doit vivre ; tôt ou tard il sera dégagé du malheur. Mais, dira-t-on, il est des adversités telles, que femme et enfans se refroidissent et s'éloi-

gnent. Je l'admets; que devenir alors ?
Croyez-vous sincèrement? eh bien, la
résignation vous arrive. Jadis, vous eus-
siez repoussé l'infortune ; vous étiez
homme : maintenant vous la recevez, sa
place est faite. Emigré de la terre, c'est
vers Dieu que vous marchez ; et afin de
vous faire ouvrir la porte du séjour où il
est si difficile d'être admis, vous prenez
tous les maux en compte, vous n'en
laisseriez échapper aucun. Enfin, lorsque
l'heure suprême est sonnée, pardonnant
aux hommes et bénissant Dieu, vous
vous éteignez ; vous avez mieux valu que
votre sort : vous triompherez ailleurs.

FIN DU TOME DEUXIÈME.

TABLE

DES MATIÈRES.

—◁●▷—

TABLE DES MATIÈRES.

FIN DE LA TABLE DES MATIÈRES.

ERRATA.

Page 198, ligne 17, *au lieu de* : inculpe, *lisez*: inculque.

Page 206, ligne 4, *au lieu de* : déclarent, *lisez* : déclarèrent.

Je crois devoir prévenir le lecteur que quelques épreuves des deux premiers volumes de cet ouvrage sont tombées entre les mains de personnes auxquelles il n'appartenait pas d'en prendre connaissance. (8 janvier 1833.)

www.ingramcontent.com/pod-product-compliance
Lightning Source LLC
Chambersburg PA
CBHW050320030726
47505CB00003B/790